TANRILARIN ARABALARI

ERICH VON DÄNIKEN

İngilizceden Çeviren: Aslı Gizem KORKMAZ

ARTEMİS YAYINLARI, İSTANBUL

ARTEMİS

AB/350
ABG/152
AÇ/117
A/55

TANRILARIN ARABALARI
Erich Von Däniken
Orijinal Adı: *Erinnerungen an die Zukunft / Chariots of the Gods?*

Genel Yayın Yönetmeni: Ilgın Sönmez
Almancadan İngilizceye Çeviren: Micheal Heron, Souvenir Press
İngilizceden Çeviren: Aslı Gizem Korkmaz
Türkçe Düzenlenme: Alev Zeynep Şimşek

Yaratıcı Yönetim: photoRepublic
Grafik: Asmin Ayşe Gündoğdu - Murat Yıldırım

3. Basım: Aralık 2014
1. Basım: Temmuz 2012
ISBN: 978 - 605 - 142 - 035 - 9
Sertifika No: 10905

ARTEMİS YAYINLARI
Ticarethane Sokak No: 53 Cağaloğlu / İstanbul
Tel: (212) 513 34 20-21 Faks: (212) 512 33 76
e-posta: editor@artemisyayinlari.com
www.artemisyayinlari.com

Baskı ve Cilt: Melisa Matbaacılık
Çiftehavuzlar Yolu Acar Sitesi No: 4 Bayrampaşa / İstanbul
Tel: (212) 674 97 23 Faks: (212) 674 97 29 Sertifika No: 12088

Genel Dağıtım: Alfa Basım Yayım Dağıtım Ltd. Şti.
Tel: (212) 511 53 03 Faks: (212) 519 33 00

Artemis Yayınları, Alfa Yayın Grubu'nun tescilli markasıdır.

TANRILARIN ARABALARI

ERICH VON DÄNIKEN

ARTEMİS YAYINLARI, İSTANBUL

İçindekiler

TANRILARIN ARABALARI

GİRİŞ

Bu kitabı yazmak yürek işiydi, okumak da bir o kadar cesaret gerektirecek. Kitapta bahsedilen teoriler ve kanıtlar, hummalı bir çalışma ve dikkatle örülmüş geleneksel arkeoloji yapısıyla örtüşmeyecek, bilim adamları tarafından mantıksız bulunacak ve belki de en nihayetinde kitabımız bir daha çıkmamak üzere tozlu raflara mahkum olacak. Belki de insanlar, geçmişimizi keşfe giden yolların, geleceği anlamaya çalışmaktan daha gizemli ve riskli olduğunu görünce, alıştıkları dünyanın güvenli limanlarına çekilecek.

Ancak değişmeyen gerçek şu ki, binlerce, milyonlarca yıl geriye uzanan geçmişimizde, tutarsız noktalar bulunuyor. Bilinmeyen tanrılar, geçmiş yıllarda, insanlarla dolu uzay araçlarıyla ilkel dünyayı defalarca ziyaret etmişti. Geçmiş, olağanüstü teknolojik başarılarla doluydu ancak bugün sadece kısmen öğrenilebilmiş koca bir bilgi yığını, buz dağının görünmeyen etekleri gibi, geçmişin sularında saklanıyor.

Arkeoloji de tutarsızlıklardan payını aldı. Çünkü günümüzde yapılan keşiflerde, binlerce yıllık elektrikli bataryalar, platin kopçalarla tutturulmuş mükemmel giysileriyle tuhaf varlıklar, hiçbir bilgisayarın tanımlayamadığı on beş basamaklı sayılar ortaya çıktı. Bu durumda kendimize şu soruyu sormamız gerekiyor. İlkel insanlar, bu olağanüstü teknolojiyi yaratmayı nasıl başardı?

Çelişkiler dine de yansıyor. İnsanlara yardım ve kurtuluş sözü vermek, tüm dinlerin ortak paydasıdır. İlkel tanrılar da insanoğluna aynı vaatte bulunmuştu. Peki neden bu sözleri gerçekleştirmek yerine, gelişmiş, modern silahlarını insanlara doğrultup onları yok etmeyi amaçladılar?

Bin yılı aşkın süredir kemikleşen o sabit fikir iskeletinin çatırdamasına artık kendimizi alıştırmalıyız. Birkaç yıllık ince bir araştırma, ezber bozmaya, zihnimizdeki konfor alanında yayılarak oturduğumuz o genelgeçer bilgi taburelerini altımızdan çekmeye yeter de artar bile. Böylelikle gizli toplumların kütüphanelerinde saklanmış bilgiler su yüzüne çıkacak; uzay çağı, 'gizlilik' sıfatından arınacak; güneşe ve yıldızlara yönelik uzay yolculukları, geçmişimizin boşluğuna ışık tutacak. Tanrılar, rahipler, krallar ve kahramanlar, karanlık uçurumlarda belirecek. Geçmişimizi tüm ayrıntısıyla öğrenmek istiyorsak, onların sırlarını ifşa etmeleri için savaşmalı, bizi gerçeklere götürecek yolları izlemeliyiz.

*

Arkeolojik araştırmalar, modern laboratuvarların sorumluluğunda olmalı.

Arkeologlar, tarihi ören yerlerini, hassas ölçüm araçlarıyla tekrar araştırmalı.

Ve gerçeğin peşindeki din adamları, halihazırda her şeye şüpheyle bakmaya başlamalıdır!

Tanrılar, karanlık geçmişte, bugün hala çözmeye uğraştığımız sayısız iz bırakmıştı. Çünkü hala gündemimizden düşmeyen uzay yolculuğu, binlerce yıl önce yaşamış varlıklar için problem değil, başarıydı. Atalarımızın, uzak yüzyıllarda uzaylılar tarafından ziyaret edildiğinden bahsediyorum. Bu uzaylı varlıkların kim olduğunu, hangi gezegenden geldiğini bilmesem de, o zaman yaşayan insan benzeri canlıları yok edip yerine yeni, belki de ilk *homosapiens*'i yarattıklarını düşünüyorum.

Bir devrim niteliğindeki bu iddia zihinlerde kusursuzca kök salmış fikir tohumlarını sökecek. Elbette, bu iddaimı kanıtlara dayandırarak sizi ikna etmeye çalışacağım.

Çevremdeki pek çok kişinin teşviki ve işbirliği olmasaydı, bu kitap yazılamazdı. Son birkaç yılda yüzümü çok az görebilen anlayışlı eşime, sonsuz yardımları ve kilometreler boyunca bana eşlik ettiği için yol arkadaşım Hans Neuner'e, bitimsiz desteklerinden ötürü Dr. Stehlin ve Louis Emrich'e, Bilimsel ve Teknik Araştırma Merkezleri'ni gezerken bana eşlik eden bütün Houston ve Huntsville NASA personeline, Prof. Dr. Werner von Braun, Prof. Dr. Willy Ley ve Bert Slattery'e, dünyanın değişik bölgelerinde yaşayan ve teşvikleri sayesinde bu kitabı gerçek kılan sayısız kişiye müteşekkirim.

ERICH VON DÄNIKEN

BİRİNCİ BÖLÜM

EVRENDE ZEKİ VARLIKLAR YAŞAR MI?

Yirminci yüzyıl insanının, evrende yaşayan canlılara tek örnek olmadığı aklınıza yatıyor mu? Başka bir yıldızdan bir yaratık getirilip müzelerde sergilenmediği sürece, "Dünyamız, insanların yaşadığı tek gezegendir!" cümlesi, mantıklı ve ikna edici görünüyor tabii. Fakat son araştırma ve keşiflerin sonuçlarına bakarsak, zihindeki soru işaretlerinin gitgide arttığını göreceksiniz.

Gök bilimcilere göre bulutsuz bir gecede çıplak gözle 4500 yıldız gözlemlemek mümkün. Hatta, küçük bir rasathane teleskopuyla bu sayı iki milyonu, modern bir aynalı teleskopla milyarları bulabilir. Hatta gelişmiş bir teleskopla, Samanyolu yıldızlarının titreşimleri bile gözlemlenebilir. Fakat en nihayetinde, yıldız sistemimiz Samanyolu, muazzam ölçülere sahip evrenin küçücük bir parçasını oluşturur. Samanyolu, yarıçapı bir buçuk milyon ışık yılını bulan yirmi galaksiyi kapsar. (1 ışık yılı, ışığın bir yılda aldığı yol anlamına gelir ve 300.000 x 60 x 60 x 24 x 365 = 9.460.800.000.000 kilometredir.) Ancak, bu kadar müthiş bir rakamla ifade edilen yıldızlar bile, elektronik teleskoplarla gözlemlenen binlerce Nebula spiralinin yanında az kalır. Belirtmek isterim ki bu türün bugüne dek yapılan araştırmaları yalnızca bir başlangıçtan ibaret.

Gök bilimci Harlow Shapley, yaklaşık 10^{20} (100.000.000.000.000.000.000) yıldızın teleskoplarımızın görüş alanına girdiğini düşünüyor. Shapley'e göre, bu yıldızların binde birinde gezegenler sistemi bulunuyor. Bu tahmin üzerinden ilerlersek, bahsi geçen yıldızların binde birinde yaşam koşullarının bulunduğu varsayımıyla geriye 10^{14} (100.000.000.000.000) yıldız kalıyor. Shapley bu noktada şu soruyu soruyor: Bu kadar yıldız arasında, kaç tanesinde atmosfer var? Bu oranı binde bir olarak alırsak, atmosfere sahip 10^{11} (100.000.000.000) yıldız var demektir. Bir adım daha atıp bu rakamın da binde birinde yaşam varlığını düşünürsek, karşımıza 100 milyon gezegen çıkar. Bu hesaplar, günümüz teknolojisiyle üretilen teleskopların sağladığı görüntüler doğrultusunda yapılmıştır. Ancak teknolojinin, her gün bir adım daha ilerlediğini de unutmamalıyız.

Biyokimyacı Dr. S. Miller'ın varsayımına göre, diğer gezegenlerde yaşam için gerekli şartların, dünyaya göre daha hızlı gelişmiş olma ihtimali bulunuyor. Bu gözüpek varsayımı kabul edersek, 100.000 gezegende, bizden daha gelişmiş medeniyetlerin varlığı karşımıza çıkıyor.

Wernher von Braun'un arkadaşı, ünlü bilim adamı ve yazar Prof. Dr. Willy Ley, New York'taki sohbetimizde şöyle konuşmuştu:

"Samanyolu'ndaki yıldızların sayısı tahminen 30 milyardır. Günümüz gök bilimcilerine göre, bunların 18 milyarında gezegenler sistemi bulunur. Bu sistemler arasındaki mesafeden dolayı, gezegenlerin yalnızca yüzde birinin bir yıldız yörüngesine denk geldiğini varsaysak bile, yine de üzerinde hayat bulunabilecek 180 milyon gezegenle karşı karşıya kalırız. Bu rakamın yüzde birinde insanoğlunun zekasına denk canlılar yaşadığını hesap edersek, Samanyolu'nda yaşayan 18.000 medeniyetin varlığını düşünebiliriz."

Son sayımlara göre Samanyolu'ndaki yıldız sayısının 100 milyara ulaştığını düşününce, Profesör Ley'in özenle hesapladığı medeniyet sayısı büyük ölçüde artış gösteriyor.

Keşfedilmemiş galaksileri veya ütopik rakamları göz önünde bulundurmadan, 18.000 gezegende dünyamızdakine benzeyen yaşam koşulları bulunduğunu düşünebiliriz. Tahminimizi bir adım daha ileri götürüp 18.000 gezegenin yalnızca yüzde birinde yerleşim bulunduğunu varsaysak bile, 180 gezegende yaşam şartlarının varlığı karşımıza çıkar!

Atmosfer gazı, yer çekimi, fauna ve bitki örtüsüyle dünyaya benzeyen gezegenlerin varlığı, inkar edilemez. Peki şöyle sorayım: yaşam bulunan gezegenlerin şartları, dünyanınkine benzemek zorunda mı?

Araştırmalar, yaşamın oluşması için dünya koşullarının gerektiği iddiasını hükümsüz kılar. Oksijen ve suyun, yaşam için gerekliliği inancı da çoktan çürütüldü. Dünyamızda bile oksijensiz yaşayan canlılar bulunmaktadır. Hatta oksijenin, anaerobik bakteri adındaki bu canlıları zehirlediği ispatlandı. Öyleyse, neden uzayda da oksijene ihtiyaç duymadan yaşayabilen gelişmiş canlılar bulunmasın?

Her gün yenilenen bulgu ve bilgilerle, zihnimizdeki resimleri güncellemeliyiz. Son günlerde çalışmalarını dünyamıza odaklayan araştırmacılar, ılıman iklimi, yenilenen doğası, tükenmeyen oksijeni ve suyuyla, gezegenimizdeki hayatı 'ideal' olarak tanımlar. Ama yaşamın yalnızca bizim gezegenimizde var olması, kesinlikle savunulamaz.

Şöyle düşünelim: Bilim adamları, dünyada yaklaşık iki milyon canlı türü bulunduğunu söylüyor. Bunların bir milyon iki yüz tanesinin, bilimsel literatürde yeri var. Ancak bilimsel olarak tanınan bu türlerden birkaç bin tanesinin bugünkü yaşam şartları gereği çoktan yok olması gerekiyordu. Bu durumda, hayat koşulları yeniden mercek altına alınması ve kurallar en baştan şekillendirilmesi gerekir.

Yüksek radyoaktivite oranının, suyu bakteriden arındırdığı inancı yaygındır. Ama bazı bakteriler nükleer reaktörleri çevreleyen korunaklı sulardan kendini koruyabilir. Dr. Siegel'ın yaptığı bir deney, insana dehşet veriyor. Siegel, laboratuvar ortamında dünyadaki bildiğimiz hayat şartlarına hiç benzemeyen Jüpiter'in atmosferini yaratıp burada bakteri ve mayt üretti. Bakteriler; amonyak, metan ve hidrojene dayandı ve ölmedi. Bristol Üniversitesi'nden böcek bilimciler Hinton ve Blum'un deneyleri de bir o kadar şaşkınlık verici. İkili, bir tatarcık sineğini alıp 100°C'de kuruttuktan sonra "deneklerini" uzay kadar soğuk olduğu bilinen sıvı helyuma maruz bırakıyor. Ardından verilen yüksek ısıdan sonra, tatarcık sinekleri doğal hayatlarına dönüyor. Hatta sonrasında söz konusu canlılar, biyolojik açıdan hayati özelliklerini geri kazanarak sağlıklı bir biçimde ürüyor. Öte yandan doğada, volkanlarda yaşayan, taş yiyen ve demir üreten bakteri türlerinin varlığını da unutmamalıyız. Bu durumda, soru işaretleri gitgide artıyor.

Deneyler birçok araştırma merkezinde sürdürülürken hayatın, dünyamız koşullarıyla sınırlı kalmadığının kanıtları, kayda değer ölçüde artıyor. Dünyamız yüzyıllardır, yasaların çevresinde döndü. Bu kanı, olaylara bakışımızı bulandırdı ve engelledi, evrene bakarken standartlarımızdan ve sistemimizden sıyrılamayan bilimsel araştırmacılara at gözlüğü taktı. Bu at gözlüğü, bilimde yeni çığır açan düşünür Teilhard de Chardin'in evrene dair fikirlerinin bile, asla gerçekleşmeyecek fantezi ürünü teoriler olarak nitelendirilmesine sebep oldu!

Eğer bizim düşünce biçimimiz karşılıklıysa, başka bir gezegendeki zeki varlıklar da kendi yaşam koşullarını kriter olarak kabul ediyor demektir. Söz konusu varlıkların -150 / -200°C'de yaşadıkları düşünülürse, bizim için yok edici olan bu sıcaklık, onlar için gerekli yaşam koşulunu oluşturuyor. Bu mantık, geçmişimizi aydınlatırken kullandığımız mantıkla örtüşüyor.

İnsanlık olarak olaylara rasyonel ve tarafsız bakmamız gerek. Bazen cüretkar teoriler bize ütopik görünse de zamanla günlük gerçekler arasına giren sayısız ütopyayı unutmamalıyız. Buradaki örnekler uzak ihtimalli görünse de ama bugün, kabul edilmeleri imkansız görünen bazı kavramlar açıklığa kavuşunca, evrenin saklı gerçeklerine ulaşmamızı engelleyen bariyerler ortadan kalkacak. Gelecek nesiller, evrendeki hayal bile edilemeyen çeşit çeşit canlıyı keşfedecekler. Biz o günleri görmesek bile, gelecek neslin insanları, evrendeki zeka sahibi, en eski yaratıkların kendileri olmadığını kabul etmek zorunda kalacak.

Evrenin yaşı sekiz ya da on iki milyar olarak tahmin ediliyor. Evrendeki meteorlar, organik maddelerin izini mikroskoplarımıza taşımış, milyonlarca yıllık bakteriler yeniden hayat bulmuştur. Güneşin ışığından üreyen bakteri sporları evrende dolaşırken, o ya da bu biçimde, bir gezegenin çekim alanına girer. Yeni canlılar milyonlarca yıldır hiç durmadan üreme döngüsünde gelişir. Dünyanın bütün bölgelerinden alınan taşların üzerinde yapılan titiz incelemeler, dünyamızın dört milyar yıl önce oluştuğunu gösterir. Ve bilimin insana dair tek bildiği, milyonlarca yıl önce dünyada "insana benzeyen" varlıkların bulunduğudur! Zaman denen dev nehir çağlayarak akarken, büyük serüvenler ve yoğun merakla yoğrulan hummalı çalışmalarla, bu geçmişin ancak 7000 yıllık küçük bir kısmı aydınlatılabildi. Ama evrenin milyarlarca yıllık geçmişine kıyasla, 7000 senelik insan tarihi nedir ki?

Yaradılışın en iyi örneği olan insanoğlunun bugünkü konumuna gelmesi 400.000 yıl sürdü. Başka gezegenlerde insanla denk zekada ya da daha zeki varlıkların yaşayacağı koşulların bulunmadığını kesin olarak kim kanıtlayabilir? Diğer gezegenlerde bizimle denk ya da üstün rakiplerimizin bulunmadığını düşündürecek bir gerekçemiz var mı? Şu ana dek yaptığımız gibi bu gerçekleri görmezden mi geleceğiz?

Şimdiye dek insanoğlunun ezberi kaç kez bozulmuştur, bir düşünün. Yüzlerce nesil, dünyanın biçimini düz kabul etti. Binlerce yıl, güneşin, dünyanın etrafında döndüğü söylendi. Bugün hala, yerküremizi her şeyin merkezi olarak kabul etsek de dünyamızın Samanyolu'nun merkezinden 30.000 ışık yılı uzakta, küçük, sıradan bir gezegen olduğunu da unutmamalıyız.

Bitimsiz, keşfedilmemiş uzayda yaptığımız araştırmalara göre sonsuz evrende minik karıncalardan farkımız olmadığını kabul etmek zorundayız. Yine de geleceğimiz ve olanaklarımız, tüm çaremiz evrendir.

Geleceğimize bakmadan, geçmişi dürüstçe irdeleyecek cesareti ve gücü asla bulamayız.

İKİNCİ BÖLÜM

UZAY ARACIMIZ DÜNYAYA İNİNCE...

Bilim kurgu romanlarının babası Jules Verne tüm dünyada saygıyla anılır. Düş gücünün ürünleri artık hayal olmaktan çıkıyor. Öyle ki artık dünyanın çevresini dolaşmak, astronotlar için seksen gün değil, yalnızca seksen altı dakika sürüyor. Şimdi, uzay aracıyla yapılabilecek bir yolculuğu tanımlamaya çalışacağız. Ama şimdi hayal gibi görünen bu yolculuğun, yakın gelecekte gerçekleşeceğini unutmamalıyız. Yine de uzay aracımızın, bilinmeyen bir noktaya ilerlemek üzere 150 yıl sonra yola çıktığını varsayarak başlayalım.

Gemimizin, okyanus gemileri büyüklüğünde, 99.800 ton yakıtla dolu ve toplamda 100.000 ton ağırlığında olduğunu düşünelim.

İmkansız mı?

Düşünün ki şimdiden parça parça yörüngeye girebilen uzay araçları, bir gezegenin etrafında dönerken birleştirilebiliyor. Kaldı ki en fazla yirmi yıl sonra dev uzay araçlarını aya tek parça halinde yollamak mümkün olacak ve bu montaj işlemine gerek kalmayacak. Diğer yandan, uzaya roket gönderme konusundaki araştırmalar hızla sürüyor. Buna göre, roket motoru nükleer enerjiyle çalıştırılacak ve ışık hızına erişebilecek. Bu alandaki bir başka cesur yenilik de basit parçalar üzerinde gerçekleştirilen deneylerle onaylanmış Foton Roketi'dir. Roket, içindeki yakıtın etkisiyle ışık hızına yaklaşır ve izafiyet teorisine göre, fırlatıldığı alanla roket arasında zaman farkı doğar. Elektromanyetik radyasyona dönüşen yakıt, aracı yüksek bir hıza çıkartır. Böylece ışık hızının %99'una yaklaşırız ve güneşin sofrası önümüze serilir!

İnsanı afallatan bir düşünce, değil mi? Ancak yeni çağın eşiğindekiler olarak unutmamalıyız ki şimdi bize olağan gelen bazı buluşlar, bir zamanlar atalarımızı da tıpkı böyle hayrete düşürmüştü. Tren yolları, elektrik, telgraf, ilk otomobil ya da uçağın, onları ne kadar şaşırttığını bir düşünün. Bizim neslimiz bile, radyo dalgalarını ilk kez işittiğinde, renkli televizyonu seyrettiğinde, uzaya gönderilen araçlarını ya da dünyamızın uydu fotoğraflarını gördüğünde, yeni teknoloijinin şaşırtıcı gelişmeleriyle büyülenmişti. Torunlarımız ise bu atılımları uzun adımlarla izleyecek, yıldızlar arası yolculuklara çıkacak, üniversitelerin teknik bölümlerinde uzay araştırmaları yapacak.

Uzay aracımızın uzak bir yıldızı hedefleyen yolculuğuyla devam edelim. Araçtaki ekibin zaman öldürmek için yapacaklarını düşünmek eğlenceli olurdu. Çünkü geride kalanlar için zaman, yavaş akar gibi görünse de bu noktada Einstein'ın izafiyet teorisi devreye girer. Kulağa inanılmaz gibi gelebilir ama bu teoriye göre, uzay aracındaki ışık hızına yakın hızda bile, zaman dünyaya göre çok yavaş geçer. Uzay aracımızın ışık hızının %99'una varan bir hızla ilerlediğini düşünelim. Bu hızla yapılan yolculuğun 14,1 yılı, dünyada kalanlar için bir yüzyıla eşittir. Bu zaman farkına, Lorentz dönüşümlerinin formülüyle ulaşabiliriz.

$$\frac{t}{T} = \sqrt{1 - (\mathrm{v}/\mathrm{c})^2}$$

(*t*: Uzay yolcularının geçirdiği zaman *c*: ışık hızı *T*: dünyadaki zaman v: uçuş hızı)

Uzay aracının hızı ise, Profesör Ackeret'in bulduğu çalışan roket denklemine göre ölçülebilir:

$$\mathrm{v/w} = \frac{1 - (1 - t)^2\, w/c}{\mathrm{w/v.}\ [1(1 - t)^2\, w/c]}$$

(*v*: ivme, *w*: fırlatma hızı, *c*: ışık hızı, *t*: kalkıştaki yakıt ağırlığı.)

Bu hesaba göre, hedef yıldıza olan yolculuk sırasında, uzay aracındakilerin, hiç kuşkusuz diğer gezegenleri inceleyecek, yerlerini belirleyecek, yörüngesel analizler yapacak, yerçekimlerini ve yörüngelerini hesaplayacak uzun bir zamanları olacak. Nihayetinde, iniş alanı için, şartları dünyamıza yakın bir gezegen seçecek. Aracımızın kalkıştaki yakıt ağırlığıyla, diyelim ki seksen ışık yılı seyahat ettikten sonra enerji kaynaklarının tükendiğini düşünürsek, mürettebatın araca yakıt ikmali yapması gerekecek.

Mola noktasının dünyaya çok benzediğini varsayalım. Bu varsayımın imkansız olmadığını önceden de belirtmiştim. Bu fikri bir adım daha ileri götürerek, söz konusu gezegenin dünyanın 8.000 yıl önceki haline benzediğini kabul edelim. Elbette, bu benzerliğin uzay aracındaki cihazlar tarafından, inişten önce belirlenmiş olması şartıyla. Yolcularımız doğal olarak, fizyon kaynaklarına yakın bir yere iniş yapmayı tercih edecek. Aracımızdaki ileri teknoloji ürünü cihazlar sayesinde, hangi dağ sıralarında uranyum bulunduğunu kolayca keşfedecekler.

İniş, planlanan şekilde gerçekleşecek.

Uzay yolcularımız taştan aletler yapan, mızraklarla avcılık oyunları oynayan varlıklar, meralarda otlayan koyun sürüleri, basit ev gereçleri yapmaya çalışan ilkel çömlekçiler görecek. Ne de tuhaf bir manzara!

Peki bu ilkel yaratıklar, gezegenlerine inen o canavar gibi aracı ve içinden çıkan figürleri görünce ne düşünecek? 8.000 yıl önce bizim de yarı vahşi yaratıklar olduğumuzu hesaba katarsak bu yarı vahşi yaratıkların, karşılaştıkları tuhaf varlıklar karşısında yere kapanıp başlarını kaldırmaya cesaret edememesine şaşmamalı. O güne kadar hep güneşe ve aya tapan bu ilkel yaratıklar için sarsıcı bir olay! Tanrılar gökyüzünden indi!

Bir süre sonra gezegen sakinleri, korunaklı ve güvenli bir yerden yeni misafirleri izlemeye koyulur. Misafirlerin başındaki, çubuklu, tuhaf şapkalar (antenli başlıklar) ve geceyi gün gibi ışıldatan (projektör) aygıtları yerlileri şaşırtır. Yabancıları bir hamlede kolayca havaya yükselirken (roketli kemerler) gören yerliler şaşkınlıkla dehşete kapılır. Garip, bilinmeyen hayvanlar (helikopterler ve muadili araçlar) vızıldayarak ve homurdanarak havada uçarken, yerliler korkudan kafalarını kuma gömer. Nihayet dağlardan tüyler ürpertici bir patlama sesi duyulduğunda (deneme patlaması), yerliler canhıraş bir halde kendilerini güvenli sığınaklarına atar. Ve astronotlarımız, bu ilkel varlıkların gözünde birer tanrı olup çıkar!

Zaman geçtikçe, uzay yolcularımız araştırmalarını sürdürür ve bir süre sonra din adamlarıyla büyücüler, içgüdülerinin sesini dinleyip tanrıyla temas kurma umuduyla grup liderliğini yakıştırdıkları kişiyle görüşmeye gider. Yerliler misafirlerine çeşitli ikramlarda bulunur. Uzay adamlarımız bilgisayarlar sayesinde yerel dili kolayca öğrendiğinden nezaketlerinden ötürü ev sahiplerine teşekkür eder. Ama onların diliyle tanrı ya da tapınılacak varlıklar olmadıklarını açıklamaya çalışsalar bile, başarılı olamazlar. İlkel dostlarımız onlara inanmaz. Yerlilere göre, başka gezegenlerden gelen uzay yolcularının üstün kudretleri ve mucizevi güçleri vardır. Onlar tanrıdır! Uzay yolcularımız ne kadar dil dökse de nafile. İlkelliğin esir aldığı bu yaratıkları ikna etmek mümkün olmaz.

İniş gününden sonra olacakları kestirmek zor olsa da, öngörülen plana göre aşağıdakiler meydana gelebilir.

Nüfusun bir kısmına hükmedilir ve yerliler, dünyaya dönüş için gerekli füzyon kaynaklarının araştırılması konusunda eğitilir.

Yerlilerin en akıllısı, 'kral' ilan edilir. Gücünün göstergesi olarak, dilediği zaman 'tanrılarla' iletişim kurabileceği bir telsiz seti temin edilir.

Astronotlarımız, toplumun gelişmesi amacıyla onlara çeşitli etik kuralları ve medeniyet kanunlarını öğretmeye çalışır. Özellikle, seçilmiş bazı kadınlar astronotlarımız tarafından döllenir. Böylece, doğal evrimin birkaç aşamasını doğrudan atlayan bir nesil meydana gelir.

Böyle bir neslin uzay uzmanı olması için gereken süreyi kendi gelişimimizden biliyoruz. Sonuç olarak, astronotlarımız dünyaya dönmeden önce, oradaki varlıklarını gösteren bariz işaretler bırakır. Ancak bunları çok zaman sonra, yüksek teknoloji ve matematik bilgisine sahip bir toplum çözecektir.

Gezegen sakinlerini ileride karşılaşabilecekleri tehlikelere karşı uyarmak fayda sağlamaz. Çağımızda insanların hala savaş yangınına körükle gittiğini düşünürsek, bu yerlilere yıldız savaşlarını ya da atom patlamalarını anlatan yüzlerce korkunç film izletsek bile, onların da aynı hataya düşmeyeceğinin garantisini veremeyiz.

Uzay aracımız kainatın karanlığında kaybolup gittikten sonra, dostlarımız konuşmaya başlar, "Tanrılar buradaydı!" Bu cümleyi kendi basit dillerine çevirirler ve babadan oğula geçen bir destan yazılır. Uzay yolcularımızın bıraktığı hediyeleri ve emanetleri, kutsal mekanlarda saklarlar. Gördüklerini, kayalara resmetmeye çalışırlar: Kafalarında başlıkları ve çubuklarıyla biçimsiz devler, kucaklarında kutular taşıyan varlıklar, belirsiz canlıların üzerine oturup uçtukları toplar, etrafa ışın saçan değnekler, dev böceklere benzeyen, tuhaf şekilli araçlar...

Şayet dostlarımız yazıyı bulmuşsa, olanları korkunç, tuhaf ve mucizevi diye niteleyerek kayıt altına alırlar. Büyük bir gürültüyle yeryüzüne inen uçan gemi ve altın giysili tanrılar süslene püslene tasvir edilir. Deniz ve karaların üzerinden uçan savaş arabaları, fişek gibi silahlar resmedilir, tanrıların geri dönmeye söz verdiği tekrar tekrar vurgulanır.

Uzay aracımızın ziyaretinden sonra hayal gücü sınır tanımaz hale gelir. İlerleyen bölümlerde dünyamızı ziyaret eden 'tanrıların', geçmişte ne gibi izler bıraktığına değineceğiz.

Gezegenin, malum ziyaretten sonraki gelişimini tahmin etmek çok kolay. Yerliler, 'tanrıları' gizlice izleyerek onlardan pek çok şey öğrenir. Uzay aracının durduğu yer, artık kutsal bir mekandır. Tanrıların kahramanlık hikayeleri, bu kutsal mekanda betimlenir. Piramitler ve tapınaklar da astronomi kanunlarına uygun bir biçimde inşa edilir. İnsanlık ilerler, zaman geçer ve tanrıların mekanlarını yok eden savaşlar çıkar. Sonraki nesiller ise bu kutsal mekanları yeniden keşfeder ve işaretleri yorumlamaya çalışır.

İşte bugün geldiğimiz nokta da aynen böyledir. Artık aya gidebiliyoruz ve bu büyük adım, uzay yolculuğu konusunda ufkumuzu genişletiyor. Okyanusları aşan büyük bir geminin, örneğin Güney Denizi'ndeki bir adada yaşayan ilkel bir toplumu nasl etkilediğini biliyoruz. Cortés gibi bir adamın okyanus ötesinden gelerek Güney Amerika'ya nasıl dehşet saçtığını öğrendik. Kısacası, tüm bunlara bakarak, bir uzay aracının tarih öncesindeki büyük etkisini öngörebiliriz.

Şimdi zihnimizdeki soru işaretlerine, açıklanmamış sırlar dizisine yeniden bakmalıyız. Bunların kaynağı, tarih öncesi uzay yolculukları olabilir mi? Bizi geçmişimize götürürken, gelecek planlarımıza da el uzatıyor mu?

ÜÇÜNCÜ BÖLÜM

ANLAŞILMAYANIN OLASILIKSIZ DÜNYASI

Tarihsel geçmişimiz, dolaylı bilgilerden oluşuyor. Kazılar, eski metinler, mağara çizimleri, efsaneler ve benzer pek çok öğeden bir hipotez yaratıldı. Tüm bu malzemeyle, etkili ve ilginç bir mozaik hazırlandı. Fakat bu eserin parçaları, ancak önceden tasarlanmış bir düşünce biçiminin ışığında birbiriyle örtüşebiliyordu. Yapının çimentosu hep göze battı durdu. *Bu olay böyle meydana gelmiştir ve başka yolu yoktur. Alimlerimiz nasıl emrederse, aynen öyle olmuştur.* Bizim görevimiz ise olanı biteni sorgulamak. Her düşünce örgüsüne, her hipoteze kuşkuyla yaklaşmalıyız. Eğer mevcut düşünceler sorgulanmıyorsa, araştırmacılığın ipini çekmişiz demektir. Buna göre, tarihsel geçmişimizin sadece *kısmen* doğruluğundan bahsedebiliriz. Yeni bakış açıları ortaya çıktığında, eski hipotezler ne kadar tanıdık olursa olsun bertaraf edilmesi ve yenileriyle değiştirilmesi gerekiyor. Yeni hipotezler üretip bunları geçmişe ait araştırmalarımızın merkezine koymanın tam zamanıdır.

Güneş sistemi, evren, mikrokozmoz ve makrokozmoz hakkındaki bilgiler, teknoloji, tıp, biyoloji, coğrafyadaki ilerlemeler, uzay yolculuğunun başlaması ve buna benzer pek çok gelişme, dünyanın zihnimizdeki resmini, elli yıldan kısa bir sürede tepe taklak etti.

Bugün, aşırı sıcağa ve soğuğa dayanıklı uzay giysilerinin üretilebileceğini, uzay yolculuğunun ütopik bir düşünce olmadığını biliyoruz. Renkli televizyon denen mucizeye aşinayız. Işık hızını ölçebiliyor, izafiyet teorisinin sonuçlarını hesaplayabiliyoruz.

Dünyamızın hareketsiz resminin etrafındaki buzlar kırılırken, yeni hipotezler de yeni kriterlere ihtiyaç duyuyor. Örneğin, gelecekte arkeoloji, yalnızca basit kazıları kapsamayacak. Bulguların toplanması ve sınıflandırılması yeterli gelmeyecek. Geçmişe dair güvenilir veriler elde etmek için, diğer bilim dallarından da yardım alınması gerekecek.

O zaman, açık bir zihin ve yoğun bir merakla, anlaşılmayanın yeni dünyasının kapısını çalalım. 'Tanrıların' bize miras bıraktıklarına sahip çıkalım.

On sekizinci yüzyılın başında Topkapı Sarayı'nda, Piri Reis'e ait eski haritalar bulundu. Akdeniz'le Lut Gölü'nü resmeden ve Berlin Devlet Kütüphanesi'nde yer alan iki atlas da Piri Reis'e aitti.

Tüm bu haritalar, incelemesi için Amerikalı kartograf Arlington H. Mallery'ye teslim edildi. Mallery haritadaki coğrafi verileri doğruladı, fakat gerçek yerlerinde çizilmediğini belirtti. Mallery, haritaların üzerinde çalışmak için Amerikan Donanması kartografi Walters'dan yardım istedi. Mallery ve Walters belli bir koordinat sistemiyle haritayı modern bir küreye uyarladıktan sonra ortaya çıkan sonuçlar, bilim çevrelerinde büyük heyecan yaratmıştı. Çünkü haritalar tamamen doğruydu. Üstelik çizimler, yalnızca Akdeniz ve Lut Gölü'nü göstermiyordu. Piri Reis'in haritasında, Kuzey ve Güney Amerika, hatta Antarktika hatları da net bir biçimde resmedilmişti. Sıradağlar, doruklar, adalar, nehirler ve platolar da kesin çizgilerle betimlenmişti.

Jeofizik yılı 1957'de haritalar, Weston Rasathanesi müdürü ve Amerikan donanması kartograflarından Cizvit Rahibi Lineham'a teslim edildi. Lineham, özenli çalışmalar sonucunda haritaların, günümüzde bile yeri zar zor tespit edilmiş bölgeler de dahil, olağanüstü biçimde doğru çizildiğini kabul etti. Dahası, Piri Reis'in haritasında resmedilen Antarktika'daki sıradağlar, 1952'ye dek keşfedilmemişti. Bu dağlar yıllarca buzullar altında kalmış, ancak 1952 yılında eko-ses donanımları sayesinde tespit edilebilmişti.

Profesör Charles H. Hapgood ve matematikçi Richard W. Strachan'ın son çalışmaları ise bize çok daha sarsıcı bilgiler veriyordu. Buna göre, dünyamızın uydudan çekilen fotoğraflarına bakıldığında, Piri Reis'in haritalarıyla büyük benzerlik gösterdiği anlaşıldı. Sanki amiralin haritaları, büyük bir yükseklikten çekilmişti. Böyle bir şeyin açıklaması neydi?

Bir uzay aracı Kahire'nin üzerinde uçarken, fotoğraf makinesiyle aşağıyı görüntülüyor. Ve sonuçta şöyle bir fotoğraf çıkıyor: Kahire ve etrafındaki 8000 km'lik alan, kareye doğru biçimde yansıyor. Çünkü objektif, bu alanı kapsıyor. Fakat gözlerimizi fotoğrafın merkezinden ayırdıkça, ülkeler ve kıtaların biçimi bozulmaya başlıyor.

Peki bunun sebebi ne?

Dünyanın küresel biçimi elbette. Çünkü bu biçim, merkezden uzak kıtaların 'aşağı kaymasına' neden oluyor. Örneğin Güney Amerika, tıpkı Piri Reis'in haritalarında ve A.B.D. uzay fotoğraflarındaki gibi biçimsiz görünür.

Şu durumda hemen cevaplanabilecek birkaç soru vardır. Bu haritaları atalarımız mı çizmiştir? Hayır. Bu haritaların çizilmesi için havadan fotoğraf çekebilecek, modern, ileri bir tekniğe ihtiyaç vardır.

Bunu nasıl açıklayabiliriz? Tanrının, bu kudreti bir papaza verdiğini anlatan efsanelerle mi yetineceğiz? Ya da haritaların çizilmesi aklımıza yatmıyor diye, onlara mucize deyip geçecek miyiz? Yoksa kolaya kaçmaktan vazgeçip elimizi taşın altına koyarak, dünya haritamızın uçan bir uzay aracından çekilen fotoğraflarla şekillendiğini düşünecek miyiz?

Piri Reis'in haritaları şüphesiz ki orijinal değildi. Hatta kopyanın kopyasıydı. Yine de asıllarının on sekizinci yüzyılda bulunduğunu düşünsek bile, şu gerçeği açıklayamayız: Haritayı her kim çizdiyse, hem uçabiliyor, hem de fotoğraf çekebiliyordu!

* * *

And Dağları'nın Peru'da kalan kısmında, Nazca adında antik bir şehir gömülüdür. Burada bulunan Palpa Vadisi'nde, yaklaşık 60 kilometre uzunluğunda ve 1600 metre genişliğinde bir düzlük alan yer alır. Paslanmış demire benzeyen taş parçalarıyla kaplı bu alanda bir tek ot bitmemesine karşın, bölge sakinleri buraya 'pampa' (otluk, step) ismini vermişti. Şayet bu bölgenin üzerinde uçarsanız -Nazca Platosu'nda- birbirine paralel ya da tuhaf geometrik şekiller oluşturmuş devasa çizgileri görebilirsiniz. Bazı çizgiler ise yamuk biçimde veya birbiriyle kesişmişti.

Arkeologlar, bu çizgilerin 'İnka yolları'nı gösterdiğini iddia ediyor.

Bu bölgede, Nazca tarzı çanak çömlek ve seramikler de bulunmuştu. Ama sırf bu yüzden geometrik çizgileri Nazca kültürüne mal etmek işin kolayına kaçmak olur.

1952 yılına kadar bu bölgede ciddi çalışmalar yapılmamıştı. Bulunan eserlerin adamakıllı bir kronolojisi de yoktu. Yalnızca çizgiler ve geometrik şekiller ölçülmüştü. Sonuçlar, çizimlerin gökbilim planlarına göre yapıldığını doğruluyordu. Peru antik eserleri konusunda uzman Profesör Alden Mason, bu işaretlerin bir tür dini ve özel bir takvimi gösterdiğini ileri sürmüştü.

Nazca platosundaki 60 km'lik net çizgi, bana bir havaalanını çağrıştırdı!

Kulağa tuhaf mı geliyor?

'Araştırma' (=bilgi) incelenecek bir konu bulunursa gerçekleşir. Konu bulunduğunda, halihazırda bekleyen bir mozaiğe eklenmek için hazırlanan bir taş gibi cilalanır ve mucizevi bir şekilde resimdeki yerini alır. Klasik arkeoloji, İnka öncesi insanların mükemmel yer belirleme tekniklerini reddeder. antik dönemde uçağın varlığından bahsetmekse düpedüz çılgınlık olur.

Peki Nazca'daki çizgiler hangi amaçla çizilmişti? Bana göre, belirli bir koordinat sistemiyle bir model üzerinde çalışılarak büyütülmüş veya bir uçaktan verilen talimatlarla çizilmiş olabilirler. Yine de Nazca Platosu'nun bir iniş alanı olduğunu söyleyemeyiz. Eğer yapımında demir kullanıldıysa, bu maddeye ulaşmak neredeyse imkansızdır. Çünkü taşlar asırlar boyu yıpranmadan kalabilir, metaller ise çürüyüp gider. Çizgilerin 'tanrılara' "Buraya iniş yapın! Her şey dilediğiniz biçimde hazırlandı," demek için çizildiğini düşünmenin nesi yanlış? Bana kalırsa bu geometrik biçimleri oluşturanlar ne yaptıklarının farkında değildi. Ama 'tanrı'ların iniş yapması için neye ihtiyaç duyduklarını pekala biliyorlardı.

Peru'daki dağların eteklerindeki devasa şekillerin, hava araçlarına yol göstermek için çizildiği su götürmez bir gerçek. Peki bu çizimler daha başka nelere hizmet ediyor olabilir?

En tuhaf çizimlerden biri, Pisco Körfezi'ndeki dağların kızıl tepelerinde yer alır. Bu noktaya deniz yoluyla gittiğinizde, yaklaşık 40 kilometre uzaklıktan, 250 metre uzunluğundaki çizgileri görebilirsiniz. Bu çizgiler, üç dişli bir çatala ya da üç kollu bir şamdana benzer. Bu işaretin orta sütununda uzun bir halat bulunmuştu. Neydi bu halat? Yoksa sarkaç olarak mı kullanılmıştı?

İşin aslı, buna bir açıklama bulmaya çalışmak, dipsiz bir kuyuya girmekten farksız. Var olan dogmalarda bunun bir karşılığı olmasa da bilginler bu taşı da allayıp pullayarak klasik arkeoloji mozaiğine uydurmaya çalışabilir.

Peki ama İnka öncesi insanları, Nazca'daki bu olağanüstü çizgileri ve şeritleri çizmeye iten neydi? Hangi çılgınca fikir, onları Lima'nın güneyindeki killi topraklara 250 metre uzunluğunda izler bırakmaya sürüklemişti?

Modern makineler ya da donanımlarla bile başarılamayan bu işi tamamlamakla, yükseklerden gelen varlıklara işaret etmeyi amaçlamışlardı belli ki. Aksi halde, bunca çaba anlamsızdı. Bu noktada durup düşünelim. Eğer bu varlıklardan habersiz olsalar ya da şahitlik etmeseler, bu kadar gayret gösterirler miydi?

Tüm bu bulgular, arkeolojinin tekelinden çıkmak zorundadır. Önümüzdeki karışık bulmacayı çözmemize, ancak farklı alanlarda çalışan bilim adamlarının araştırmaları yardım edebilir. Karanlık noktalar ancak fikir alışverişleri ve beyin fırtınaları sayesinde aydınlanabilir. Şayet bilim adamları bu soruları ciddiye almayıp alay ederse, araştırmalar sonuçsuz kalır. Flu zamanda gezinen uzay yolcuları mı? Klasik bir bilim adamının kabul edemeyeceği türden bir soru. Hatta bu soruyu soranı ruh doktoruna bile sevkedebilirler.

Ne olursa olsun, soru işaretleri yerli yerindedir. Birine cevap verince, diğeri belirir. Kabul görmeyen soru sayısı o kadar fazladır ki. Örneğin, ekinoksları, astronomik dönemleri, ayın saatlik hareketlerini, dünyanın rotasına göre bildiren bir çeşit takvimin varlığından söz etsek, insanlar ne der acaba?

Sözünü ettiğim takvim, bir varsayım değildi; Tiahuanaco'da çatlamış toprağın altında bulunmuştu ve bize şaşırtıcı noktaları işaret ediyodu. Tüm hesaplamaları harfiyen doğruydu ve -yüksek egomuz bunu nasıl hazmeder bilmem ama- takvimi bulan ve kullananların, bizden çok daha üst bir kültürde olduğu aşikardı.

Bir başka olağanüstü bulgu da Büyük Put'tu. 'Eski Tapınak'ta bulunan kırmızı kum taşından yapılmış tek blok halindeki bu parça, yaklaşık 7,5 metre uzunluğunda ve 20 ton ağırlığındaydı. Ancak, putun üstün kalitesi, üzerine ince bir zanaatle işlenmiş semboller ve putun saklandığı, ilkel tekniklerle yapılmış tapınak arasındaki çelişki hayret uyandırıyordu. Hatta buraya 'Eski Tapınak' denmesinin sebebi de yapımında kullanılan ilkel teknikti.

H.S. Bellamy ve P. Allan *Thiahuanaco'nun Büyük Putu* adlı eserlerinde, sembolleri ayrıntılı biçimde yorumlamıştı. Vardıkları sonuca göre, semboller yuvarlak bir dünyadan temelini alan, geniş bir astronomik bilgiyle şekillenmişti.

Bellamy ve Allan'a göre semboller, Hoerbiger'in putun bulunmasından beş yıl önce, 1927'de yayınlanan *Gezegenler Teorisi* adlı kitabında bahsettiği teoriye uyuyordu. Bu teoride, bir gezegenin dünyanın yörüngesine girdiğinden ve yerküreyi kendine çekerek dünyanın hızını yavaşlattığından bahsediliyordu. Olayın devamında, gezegenin parçalandığı ve ayın bu şekilde oluştuğu ileri sürülüyordu.

Putun üzerindeki semboller, bu gezegenin 288 günde dünyanın etrafında 425 kez döndüğünü gösteriyordu. Bu olağanüstü tespit, Hoerbiger'in teorisiyle de örtüştü. Bellamy ve Allan'e göre semboller, gökyüzünün 27.000 yıl önceki durumunu betimliyordu. Bilim adamlarımız bu konuda şöyle yazmıştı, "Puttaki semboller, gelecek nesillere olanı biteni bir kitabe gibi anlatacaktır."

Bu yüksek değerli eser, 'bir antik tanrı heykeli'nden daha iyi bir açıklamayı hak ediyor. Üzerindeki sembollerin açıklamasına baktığımızda, karşımıza çıkan soru aynen şöyleydi: Elimizdeki bu astronomik bilgi, yapı tekniği konusunda bile geri kalmış ilkel insanlar tarafından mı, yoksa dünya dışı canlılar tarafından mı sağlandı? Her iki durumda da, takvimin ve putun üstünde böyle çok yönlü bir bilgi bulunması sarsıcıdır.

Tiahuanaco şehri daha başka sırlarla doludur. Şehir, kent merkezlerinden hayli uzakta ve 4.000 metre yükseklikte yer alır. Cuzco'dan (Peru) başlayarak, tren ve deniz yoluyla şehre ulaşmanız günler alır. Platoda, bilinmeyen bir gezegen görünümü vardır. Yerlisi olmayan için, kuvvet gerektiren işler büyük bir zulümdür. Çünkü oksijen seviyesi deniz kenarına oranla yarı yarıya düşük ve oksijen de bir o kadar azdır. Yine de dev şehir bu tuhaf platoda kurulmuştur.

Tiahuanaco'ya dair belli başlı şehir gelenekleri yoktu. Bu durum, her ne kadar şehrin esrarını çözmeyi engellese de cevapların basmakalıp Ortodoks öğretilerine dayanmaması yüzümüzü güldürüyor. Geçmiş, cehalet ve esrar, yaşını tam olarak bilemediğimiz bu ihtiyar kalıntıların üzerine maalesef bir sis perdesi örtüyor.

Şehir, 100 tonluk kum taşları ve 60 tonluk blokların dizilmesiyle oluşmuştu. Dev, kare taşlar ve pürüzsüz oluklar, bakır kıskaçlar sayesinde bire bir tutturulmuştu. Burada yapılan tüm taş işlerinde büyük bir ustalık vardı. Amacı henüz anlaşılamamış 2,5 metre genişliğindeki delikler, 10 tonluk taşların içinde yer alıyordu. Beş metre uzunluğundaki yıpranmış kaldırım taşları da Tiahuanaco şehrinin muammalarından biriydi. 1,80 metre uzunluğunda ve yarım metre enindeki su boruları, oyuncaklar gibi etrafa saçılmıştı. Belli ki burada büyük felaketler yaşanmıştı. Tüm bu kalıntılar, yüksek işçiliğiyle insanı hayrete düşürüyordu. Tiahuanaco yerlilerinin yıllar boyunca -alet edevat olmadan- şimdiki teknolojinin bile ulaşamadığı derecede üstün su olukları inşa etmekten başka işi gücü yoktu herhalde!

Gerçekten de Tiahuanaco dolaylarında dört parmaklı varlıkları gösteren çok çok eski resimler bulunuyordu. Kesin yaşı bilinemeyen bu resimlerin ne olduğunu, ya da efsanenin nereden doğduğunu bildirecek hiçbir kayıt yoktu.

Günümüzde restore edilmiş bir avluda, pek çok taş büst bulunmuştu. Bu yüzlere yakından bakılınca, hepsinin farklı ırkların özelliklerini taşıdığını görebiliriz. Bazıları ince ya da kalın dudaklı, bazıları uzun, kanca burunlu, bazıları kepçe ya da ince kulaklı, bazılarının ise hatları yumuşak ve yuvarlaktı. Ve evet, bazılarının başında ise tuhaf başlıklar bulunuyordu. Tüm bu yabancı yüzler, bize yıllar süren ön yargılarımız ve inadımız yüzünden anlamak istemediğimiz mesajlar iletiyor olamaz mı?

Güney Amerika'nın arkeolojik harikalarından biri de Tiahuanaco'daki tek parça taştan yapılmış Güneş Kapısı adlı eserdi. Bu dev eser, üç metre uzunluğunda ve beş metre eninde tek parça bir taştan meydana getirilmişti. Ağırlığı 10 tonun üzerindeydi. Üç dizi halinde toplam kırk sekiz kare figür, eserin üzerinde yer alıyor ve uçan tanrıyı simgeliyordu.

Peki gizemli kent Tiahuanaco'dan söz eden efsaneler ne söylüyordu?

Hemen hatırlatayım. Buraya altın renkte bir uzay aracının indiğini, içinden çıkan Oryana adlı kadının, dünyanın tanrıçası görevini yerine getirmeye geldiğini bir bir anlatıyordu. Oryana'nın dört parmağı vardı ve araları perdeliydi. Tanrıça Oryana 70 tane çocuk doğurmuş ve gezegenine geri dönmüştü.

Tiahuanaco'da sahiden de dört parmaklı canlıları temsil eden taş çizimlerine rastlanmıştı. Bu resimlerin yaşı tespit edilememiş ve tüm efsane, yıkıntıların altında kalmıştı.

Bu şehrin sırrı ne? Başka dünyalardan Bolivya Platosu'na bırakılmış ve çözülmeyi bekleyen mesajlar ne? Bu kültürün başlangıç ya da bitişine dair makul açıklamalar bulunmuyor. Elbette bu durum arkeologları cüretkar ve bilgiç açıklamalar yapmaktan alıkoymuyor. Güneş Kapısı'yla hiçbir ilgisi olmayan komik bir kil heykelciğine dayanarak, şehrin 3000 yaşında olduğu ileri sürülüyor. Bilginler ise işin kolayına kaçıyor. Birkaç kırık çömlek parçasını birbirine tutturup bir iki yüzeysel araştırmadan sonra yaptıkları restorasyona bir yafta yapıştırıyorlar. Ve sonra hokus pokus! Düşünce örüntülerine cuk diye oturan bulgularını gururla paylaşıyorlar. Ne de olsa bu yöntem, geçmişte bizimkinden daha üstün bir teknoloji kullanıldığını ya da uzay yolculuğunun mümkün olduğunu kabul etmekten daha zahmetsiz. Hem ölümlü dünyada, bu işlere kafa yormaya ne gerek var, değil mi?

Yeri gelmişken, Sacsayhuaman'ı da es geçmemeliyiz! Burada İnkalar'ın inşa ettiği ve Cuzco şehrini hala kuşatan savunma kalelerinden, 100 tonluk tek parça bloklardan, turistlerin önünde fotoğraf çektirdiği 450 metre uzunluğunda ve 15 metre enindeki teras duvarlarından bahsetmeyeceğim. Söz etmek istediğim, meşhur İnka kalelerinin bir kilometre ötesinde bulunan esrarengiz alan Sacsayhuaman!

O günün yöntemleriyle 100 tondan fazla bir ağırlığı taş ocağından çıkarıp uzak bir noktaya taşımayı dimağımız almazken, bu bölgede çok daha hayret verici gelişmeler yaşanıyordu. Sacsayhuaman'da karşımıza tamı tamına 20.000 tonluk bir taş kütlesi çıktı. Günümüz teknolojisine alışık bireyler için bile nasıl da büyük bir şok, değil mi? Sacsayhuaman yolu üzerinde yamaçtaki bir kraterin içinde canavara benzeyen dev bir varlık karşılar bizi. Bu varlık, dört katlı bir bina büyüklüğünde, tek parçalık bir taştan ibaret. Bu taşın üzerinde eğimler, delikler, helezonlar ve basamaklar bulunmakta, çeşitli yerlerinde ustalıklı işlemeler yer alıyor. Sizce İnkalar bu eşsiz eseri, boş zamanlarını değerlendirmek için mi işlemişti? Yoksa tüm bunların, hala gizemini koruyan bir amacı mı vardı? Denklemimizi daha da zorlaştıran bir bilinmeyen daha... Bu devasa taş, tepetaklak duruyordu. Merdivenler tersti, delikler farklı yönleri işaret ediyor, çeşitli yerlerinde tuhaf çukurlar bulunuyordu. Sandalyeye benzeyen figürler, havada uçuyormuş gibi görünüyordu. Böyle bir taş, insan eliyle çıkarılmış, taşınmış ve işlenmiş olabilir mi? Bunu hangi güç başarmış olabilir?

Burada hangi devasa kuvvetler çalışmıştı? Amaçları neydi?

Biz tüm bunları düşünürek afallamışken, yaklaşık 800 metre ötede, camlaşmış kayalara rastlıyoruz. Bu kimyasal dönüşüm ancak aşırı yüksek ısıyla meydana gelebilecekken, sebebi, buzulların etkisi olarak açıklanır. Ne kadar gülünç bir iddia! Tüm sıvı kütleler gibi, buzullar da tek bir yöne akar. Maddelerin fiziksel özelliklerinin çağdan çağa değişmesini bekleyemeyeceğimize göre, camlaşmanın oluştuğu zaman da farklı bir durum gözlemlemek imkansız. Kısacası, buzulların 16.000 metrekarelik bir alanda altı farklı yöne aktığını varsaymamız, bilimsel gerçeklere bal gibi aykırı!

Sacsayhuaman ve Tiahuanaco'da tarih öncesi döneme ait büyük sırlar saklıydı. Ancak bunlarla ilgili derin ve tatmin edici açıklamalar yapılmadı. Dahası, kayalaşmış camlar Gobi Çölü ve Irak'taki antik bölgelerde de görülüyordu. Bunların, Nevada Çölü'ndeki atom bombası denemelerinden sonra ortaya çıkan camlaşmaya benzemesinin sebeplerini kim açıklamak ister?

Tarih öncesi bulmacaları kararlılıkla, makul açıklamalar getirerek çözmenin zamanı gelmedi mi? Bir düşünün,

Tiahuanaco'da yapay yollarla oluşmuş ve 4300 metrekarelik bir alana yayılmış tepeler var. Bunların 'en uç' noktaları birbirine eşit. Büyük olasılıkla hepsinin altında çeşitli yapılar bulunuyor. Ama gelin görün ki, esrarı çözmek için tepeler zincirinde bir kez bile kazı yapılmadı. Elbette, bu iş çok masraflı olacaktı. Ancak oraya gittiğimizde karşımıza çıkan ve kayda değer hiçbir iş yapmayan asker ve memurlara, bu kazılara önderlik etmek için görev verilemez miydi?

İstenirse her şeye bütçe ayrılabilir. Söz konusu geleceğimizin araştırılmasıysa, her türlü fedakarlığın yapılması gerek. Geçmişimiz aydınlatılmadıkça, gelecek için atılan adımlar hükümsüz kalır. Kimbilir, belki de geçmişte çoktan keşfedilmiş şeyler, bugün hala ulaşamadığımız teknik çözümlere ulaşmamızı sağlar. Öncelikle, bunları iyice araştırıp bulmak gerekir.

Geçmişimizi araştırma isteği, modern donanımlı araştırma gruplarını yeterince teşvik etmese bile, modern arkeologlarımız küçük ölçüm cihazlarını alıp yola koyulabilir. Sonuçta bir yerden başlamak gerekir. Şu ana dek, hiçbir bilim adamı yüksek teknolojili cihazlarıyla Tiahuanaco'da, Sacsayhuaman'da, efsane şehir Sodom'da ya da Gobi Çölü'ndeki radyasyonu ölçmeye yeltenmedi. Çivi yazılarında, Ur şehrinde bulunan tabletlerde ve insanlığın en eski kitaplarında, gökyüzünden araçlarla inen, yıldızlardan gelen, silahlanıp gezegenlerine geri dönen 'tanrılardan' bahsediliyordu. Neden bu eski 'tanrıları' araştırmıyoruz? Radyo-astronotlarımız, bilinmeyen canlılarla iletişim kurmak için uzaya sinyal gönderip duruyor. Neden araştırmamıza çok daha yakınımızdaki izlerden başlamıyoruz? Hiçbiri göremeyeceğimiz yerlerde değil, aksine gözümüzün önünde, elimizin altında bekliyor.

Sümerliler yaklaşık 2000 yıl önce görkemli geçmişlerini kayıt altına almaya başladı. Bugün, hala bu insanların nereden geldiğini bilmiyoruz. Ama onların, yarı medeni bir halka, ileri bir kültür getirdiğini söyleyebiliriz. Onlar tanrılarını dağların tepesinde aramış, o coğrafyada dağ yoksa bile düzlüklere suni 'dağ'lar yapmıştı. Uzay bilimleri konusunda üst seviyedeydiler. Gözlem evlerinde ayın dönüşüne dair yaptıkları hesaplar, günümüzdekilerden yalnızca 0,4 saniye şaşmıştı. Daha sonra ayrıntılı olarak bahsedeceğim Gılgamış Destanı'nın yanında, heyecan verici bir şey daha bırakmışlardı. Eski Ninova, yani Kuyuncik'te günümüz rakamlarıyla 195.955.200.000.000 olarak ifade edebileceğimiz bir hesap! On beş haneli bir rakam! Batı medeniyetinin atası sayılan Yunanlar, uygarlıklarının en parlak döneminde bile 10000 sayısının üstüne çıkamamış, ötesini 'sonsuz' diye nitelemişlerdi.

Eski çivi yazılarına göre, Sümerler sanıldığından çok daha eski bir medeniyetti. İlk on Sümer kralı, toplam 456000 yıl hüküm sürmüş, tufandan sonra eski düzeni sağlamak için görevlendirilen yirmi üç kral, toplam 24510 yıl, 3 ay, 3,5 gün iktidarda kalmıştı.

Yaşam süreleri mantık sınırlarımızı aşan bu hükümdarların isimleri, uzun listeler halinde demir paraların ve mühürlerin üzerinde yer alıyordu. Şimdi, at gözlüklerimizi çıkaralım ve olaylara günümüz bakış açısıyla yaklaşalım.

Yabancı astronotların, binlerce yıl önce Sümerliler'i ziyaret ettiğini varsayalım. Bu canlıların, Sümer medeniyetinin temelini atıp gelişimine katkıda bulunduktan sonra gezegenlerine döndüklerini düşünelim. Yaptıkları bu girişimin sonuçlarını merak ederek, her yüzyılda bir, dünyaya uğradıklarını hayal edelim. Elbette onların zaman kavramıyla, dünyamızdaki zaman algısı, daha önce de bahsettiğimiz İzafiyet Teorisi'ne göre farklı sonuç verir. Yani, ışık hızının altında seyahat ettiklerini kabul edersek, dünyamızda, yani Sümerler'de geçen 500 yıl, onların 40 yılına denk gelir. Bu geçen yüzyıllar boyunca, Sümerliler boş durmayıp kuleler, piramitler, konforlu evler inşa edip bunları tanrılarına adar ve onların dönüşlerini bekler. Ve yüzyıllar sonra tanrıları geri gelir. Bir Sümer tableti şöyle yazar: "Sonra tufan geldi ve tufandan sonra, krallar gökyüzünden bir daha indi."

Sümerliler 'tanrılarını' nasıl resmetti? Sümer mitolojisi ve Akad tabletleri bu konuda ayrıntılı bilgiler verebilir. Bunlara bakacak olursak 'tanrılar' insan biçiminde değildi ve her biri yıldızlarla ilişkilendirilmişti. Akad tabletlerindeki yıldızlar ise tıpkı günümüzde resmettiğimiz gibiydi. Burada dikkat çekici olan şuydu aslında. Akadlar yıldızların etrafına çeşitli büyüklüklerde gezegenler çizerdi. Gökyüzünü incelemek için hiçbir donanıma sahip olmayan insanların gezegenleri, hatta uydularını resmedebilmesi, hayret verici değil mi? Diğer çizimlerde ise kafasında yıldızlar taşıyan, kanatlı toplarla uçan canlıların resimleri vardı. Başka bir resme baktığımızda ise, gördüğümüz biçim, bize atom modelini anımsatır. Bu resimde, bir daireyi oluşturan toplar birbirini izler. Eğer Sümerler'in mirasına 'astronomik bakış açısıyla' yaklaşırsak, mucizevi olayları solda sıfır bırakan pek çok soru ve muammayla karşılaşırız.

İşte aynı coğrafyadaki tuhaf olaylardan birkaçı:

- Geoy Tepe'de 6.000 yıllık helezon resimleri.
- Gar Kobeh'te 40.000 yıllık çakmak taşı madeni, Baradostian'da 30.000 yıllık benzer kalıntılar.
- Tepe Asiab'da 13.000 yıllık mezarlar, heykeller, taş aletler ve insana ait olup olmadığı kesin olarak bilinmeyen, taşlaşmış dışkı.
- Kerim Şehir'de araçlar ve taş oymalar, Barda Balka'daki kazılardan çıkan çakmak taşından silahlar ve başka araçlar, Şandiar Mağarası'nda bulunan ve C.14 metoduyla 45.000 yıllık oldukları kabul edilen çocuk ve büyük iskeletleri...

Bu liste uzayıp gider ve ortaya çıkan her gerçek, Sümer bölgesinde yaklaşık 40.000 yıl boyunca ilkel insanların yaşadığını kanıtlıyor. Ama nedense hala açıklanamayan bazı sebeplerden ötürü, uzay bilimleri, astronomi ve teknoloji konusunda öne çıkan toplum Sümerler'di.

Evrenden dünyaya inmiş bilinmeyen ziyaretçilerin varlıkları ve geçmişte bıraktıkları izlerin sonuçları hala tam olarak kestirilemiyor. 'Tanrıların' bu bölgeye gelerek yarı medeni insanları topladıkları ve onlara bilgi aşıladıklarını düşünebiliriz. Müzelerdeki camekanların ardından bize bakan figürler ve heykellerde, karışık ırklardan izler görüyoruz. Patlak gözler, kubbeli alınlar, dar dudaklar, uzun ve düz burunlar... Sistematik düşünceyle ve bu şemada yer alan ilkel insan prototipiyle hiç uyuşmayan bir görüntü.

Yoksa antik çağlarda, evrenden gelen ziyaretçiler mi?

Amerikalı Dr. Stair, Lübnan'da cama benzeyen, tektit adlı kaya parçalarında radyoaktif alüminyum izotoplar bulmuştu.

Mısır'da ve Irak'ta, kesilmiş kristal mercekler bulunmuştu. Bugün bunları oluşturmak için yalnızca elektro kimyasal yöntemlerle elde edilebilen sezyumoksit adlı madde kullanılıyor.

Helwan'da ustalıkla dokunmuş, güzel bir kumaş parçası bulunmuştu. Öyle ki günümüzde bunu, ancak konusunda uzman, yüksek teknolojili ve donanımlı bir fabrika üretebilir.

Elektrik akımı üreten kuru piller Bağdat Müzesi'nde sergileniyor. Aynı yerde, bakır elektrot ve tanımlanamayan elektrolitlerden oluşan çeşitli parçaları da görebiliriz.

Kohistan'ın Asya kıtasına bakan kısmındaki bir mağarada, yıldız kümelerinin 10.000 yıl önceki halini birebir resmeden çizimler vardı. Çizimlerde Venüs ve Dünya, çizgilerle birleştiriliyordu.

Peru platosunda, platinden yapılmış süs eşyaları bulundu.

Chu Chu'daki (Çin) bir mezarlıkta, alüminyumdan yapılmış kemer parçaları bulundu.

Delhi'de, sülfur ve fosfor kullanılmadan yapıldığı için asırlardır hava koşullarına karşı çürümeden durmuş bir antik demir sütuna rastlandı.

Bu tuhaf 'olasılıksızlar' kervanı merak uyandırmıyor mu? İlkel mağara insanları, yıldız kümelerini yerli yerine çizmeyi nasıl başarmış olabilir? Kristal mercekler hangi ileri teknoloji sayesinde biçimlenmişti? Yalnızca 1800°C'de eriyebilen platinyuma şekil vererek süs eşyası yapmayı başaranlar kimlerdi? İlkel Çinliler boksitten zar zor elde edilebilen alimünyumu nasıl çıkarmıştı?

Bunlar elbette zor ve karmaşık sorular. Ama yine de, sorgulayamayacağımız anlamına gelmez, değil mi? Neslimizden önce ileri bir teknolojinin varlığını kabul etmeye direniyorsak, geriye tek bir varsayım kalıyor. Uzaydan yapılan ziyaretler. Ancak arkeoloji eski tas eski hamam idare edilmeye devam ederse, geçmişimiz karanlık mı yoksa aydınlık mı, asla öğrenemeyeceğiz.

Arkeologların, fizikçilerin, kimyagerlerin, jeologların, metalürjistlerin ve ilgili dallardan uzmanların bir araya gelerek yapması gereken Ütopik Arkeoloji toplantısının zamanı geldi de geçiyor bile. Böyle bir toplantıda odaklanmaları gereken tek soru vardır. "Bizden önceki nesiller, uzaylılar tarafından ziyaret edildi mi?"

Ve böylece verimli çalışmalar başlayabilir. Bir düşünün, bir metalürjist, arkeoloğa alüminyum yapımının ne kadar karmaşık olduğunu kolayca anlatabilir. Bir fizikçi, kaya çizimlerinde gözüne çarpan formülleri rahatlıkla tanıyabilir. Bir kimyager, elindeki yüksek teknolojili araçlar sayesinde dev taş bloklarının ahşap kamalarla mı yoksa bilinmeyen asitlerle mi söküldüğünü anlar. Bir jeolog, Buzul Çağı çökeltilerindeki önemli noktalara parmak basabilir. Bu ekipte yer alan birkaç dalgıç, Sodom ve Gomore'de yapılmış, olası bir atom denemesine ait kalıntıları bulabilmek için Lut Gölü'ne dalabilir.

Neden dünyanın en eski kütüphaneleri gizli kapaklı? İnsanları korkutan ne? Yıllarca gizlenen gerçeklerin nihayet su yüzüne çıkması mı?

Araştırma ve gelişim asla durmaz. Mısırlılar'a göre 4000 yıl önceki 'tanrıları' gerçek varlıklardı. Bizse Orta Çağlar'da uğruna yanıp tutuştuğumuz ideolojilerimizle cadıları topa tutuyorduk. Antik Yunanlılar ise kaz bağırsaklarına bakarak geleceğe dair kehanette bulundu. Artık ne Mısırlılar ne de Antik Yunanlılar yaşıyor. Orta Çağ ise geride kaldı. Bütün bunlar gibi, milliyetçiliği en önemli yere koyan aşırı muhafazakar zihniyetten de vazgeçilmeli.

Geçmişe dair düzeltilmesi gereken binlerce bilgi var. Öz güven gibi görünen tavırlar, aslında inatçılığın yansımasından başka bir şey değil. Ortodoks bilim adamları, yaptıkları toplantılarda, öne sürülen bir iddianın kanıtlanmaya değer olması için, 'ciddi' birileri tarafından ortaya atılması gerektiğini savunup duruyor.

Orta Çağ'da, yeni fikirlerini ortaya koymak isteyen bir kişi, kilise ve yandaşlarının eziyetleriyle karşı karşıya kalırdı. Şimdi işler daha kolaymış gibi görünüyor, değil mi? Ne de olsa artık aforoz ya da yakılma korkusu yok. Artık güya daha 'uygarız' ve gürültü patırtı çıkarmıyoruz. Ama hiçbir şey göründüğü gibi değil. Günümüzde düşünce sistemlerimiz için idam edilmiyoruz belki ama işleyiş sürecinde karşılaştığımız engeller Orta

Çağ'dan farksız. Teorileri yok etmek için günümüzde 'medeni' bir yöntem var artık. Amerikalılar buna 'Katil Cümleler' diyor. İşte size örnekleri:

- Kurallara aykırı! (Her zaman işe yarar!)
- Yeterince mükemmel değil! (Aman çok etkilendik.)
- Fazla marjinal! (Aman pek korktuk!)
- Üniversiteler bunu desteklemez! (Hakikaten çok ikna edici, tebrikler!)
- Bunu başkaları da denedi! (İlla ki. Ama başarılı oldular mı?)
- Makul değil! (Dediğim dedik, öttürdüğüm düdük!)
- Henüz kanıtlanmadı! (Biz de onun için uğraşıyoruz ya!)

Beş yüz yıl önce, bir bilim adamı mahkeme salonlarında bas bas bağırıyordu, "Akıllı biri, dünyanın yuvarlak olduğunu iddia edemez. Öyle olsa, aşağıdakiler boşluğa düşerdi!"

Bir başkası, "Dünyanın güneşin çevresinde döndüğü İncil'de yazmıyor. Bu iddia, olsa olsa şeytan işidir," diye atıp tutuyordu.

Dar kafalılık, yeni fikirler öne sürüldüğünde peydah olan bir virüs sanki. Ama yirmi birinci yüzyılın eşiğindeyken, araştırmacıların bu virüsten arınıp olağanüstü gerçeklere kendini hazırlaması gerekiyor. Yüzyıllardır tabulaşan kurallar ve bilgiler yeniden sorgulanmalı. Bu akılcı girişimleri engellemeye çalışan muhalifler ordusu, gerçekler adına bertaraf edilmeli. Daha yirmi yıl öncesine kadar, uydulardan söz edenler bilimsel çevrelerce yaftalanıyordu. Bugün ise insan eliyle yapılmış uydular güneşin çevresinde dönüyor, Mars'ın ve Ay'ın pürüzsüz yüzeylerini fotoğraflıyor ve bunları dünyaya gönderiyor. Bu karelerin ilki, 1958 yılının ilkbaharında 0.000.000.000.000.000.01 vat ölçüsünde, inanılmaz bir radyo dalgasıyla dünyaya yollandı.

Ancak artık yeryüzünde olanaksız diye bir şey yok. Bilim dünyasında 'imkansız' sözünü kullanmak, tam anlamıyla 'imkansız'. Günümüzde bu gerçeği reddedenler, yarın ortaya çıkan gerçekler karşısında afallayacak. Biz, binlerce yıl önce astronotların uzak gezegenlerden gelerek bizi ziyaret ettiğini varsayan teorimizi sürdürelim. Eski nesillerin, astronotların üstün teknolojisi karşısında hayrete düştüğünü biliyoruz. Bu şaşkınlıkla, onları 'tanrı' olarak nitelendirmiş ve tapınmışlardı. Astronotların, başlarına gelene razı olmaktan başka seçeneği yoktu. Günümüzdeki astronotlar da yapacakları yolculuklarda bu tip olaylara hazırlıklı olmalı.

Dünyamızın bazı bölgelerinde, makineli tüfeğin şeytan icadı olduğunu düşünen ilkel insanlar hala var. Bu bakış açısıyla, bir jet de onlara meleklerin aracı gibi görünebilir. Aynı şekilde, radyodan gelen sesleri tanrının sesi olarak niteleyebilirler. Bu ilkel insanlar, günlük hayatımızın birer parçası haline gelmiş teknoloji ürünlerini, safça destanlaştırarak nesilden nesile aktarır. Tanrısal figürler ve onların gökyüzünden inen araçları tepelere ve mağara duvarlarına çizilir. Böylece, bugün araştırdıklarımız bir şekilde arşivlenir.

Kohistan, Fransa, Kuzey Amerika, Sahra, Güney Rodezya, Peru ve Şili'de bulunan mağara resimleri, varsayımımıza katkıda bulunuyor. Tassili'de (Sahra), Henri Lhote adlı bir Fransız bilgini tarafından bulunan yüzlerce mağara resminde, insan ve hayvan figürleriyle beraber, şık kıyafetler giymiş başka figürlere de rastlandı. Bu figürlerin elinde bulunan sopalara, amacı anlaşılmayan kutu figürleri iliştirilmişti. Bu resimlerin yanındaki dalgıç kıyafetli başka bir figür ise ayrı bir şaşkınlık konusuydu. Lhote'un verdiği ismiyle, bu giysiyi Büyük Tanrı Mars giyiyordu. Figürün boyu beş metreydi ve bu yükseklikte bir çizim ancak iskeleyle yapılabileceğinden, bunu çizen 'ilkel'in o kadar da 'ilkel' olmadığı ortaya çıkıyordu. Mağara tabanının yüksekliği birkaç asırdır değişmemişti. Büyük Tanrı Mars'ın kıyafeti ilk bakışta dalgıç ya da uzaylı kıyafetine benziyordu. Güçlü omuzlarından başlayarak yükselen başlığı, bir tür kopçayla vücuduna bağlıydı. Burun ve ağzına denk gelen yerlerde kesikler bulunuyordu. Eğer bu resimden bir tane bulunsaydı bunu tesadüfe ya da tarih öncesi ressamın hayal gücüne bağlayabilirdik. Ancak Tassili'deki mağaralarda bulunan bu tuhaf figürlerin benzerleri, Kaliforniya'nın (A.B.D.) Tulare bölgesindeki kaya resimlerinde de vardı.

İlkel insanların, böyle acemice figürleri, becerileri bu kadarına elverdiği için çizdiklerini düşünmüyorum. O kadar yeteneksiz olsalardı, hayvan ve insanları nasıl böyle düzgün bir biçimde resmedebilirlerdi? O halde 'ressamlarımızın' gördüklerini olduğu gibi aktardığını varsayabiliriz. Inyo County'de (Kaliforniya) bir mağarada çizilmiş geometrik şekiller, çift çerçeveli bir hesap cetveline benzer. Arkeologlar, bunun tanrıları simgelediğini öne sürer.

İran'da Siyalk bölgesinde bulunan bir çömlekte, büyük, sivri boynuzlu, tanınmayan bir hayvanın resmi bulunuyor. 'Neden olmasın' dediğinizi duyar gibiyim. Ancak tuhaf olan şu. Boynuzların her birinde, beşer helezon, iki yana uzanıyor. Peki bu işe arkeologlar ne diyor? Elbette onlara göre bu resim de tanrıyı simgeliyor. Tanrılar, bu sözüm ona bilim adamlarının can simidi oldu hep. Pek çoğu onların mistik ve doğaüstü oluşuna dayanarak, bilinmeyen konulara açıklama getirmeye çalışıp durdu. Çünkü ancak böyle bir dünyada huzura kavuşabildiler. Keşfedilen tüm şekiller, yapıştırılan tüm çömlekler, toparlanan her bulgu, bir anda eski bir dinle ilişkilendirildi. Eğer ellerindekiler o meşhur mozaiğe uymuyorsa, yeni bir inanç sistemi yaratıldı ve bulgular buraya yamandı. Ve her şey, eski tas eski hamam sürüp gitti.

Peki ya Tasilli, Amerika ve Fransa'daki çizimler, ilkel mağara adamlarının gördüklerini yansıtıyorsa? Ya çubuklarda ve boynuzlarda yer alan helezonlar, onların antenleriyse? Asla, asla dememek gerekiyor. Hatırlatmalıyım ki ilkel ressamların gördüklerini çizebilecek yetenekleri vardı. Güney Afrika'da bulunan 'Brandberg'li Beyaz Kadın' adlı resim, günümüz resimleriyle boy ölçüşebilecek kadar başarılı bir çizimdi. Kadının kısa kollu kazağı, dar bir pantolonu, eldiveni ve terlikleri vardı. Kadının hemen arkasında, elinde dikenli sopa tutan, bir çeşit maskeli başlık giymiş, ince bir adam yer alıyordu. Sanki günümüzde çizilmiş bir resimdi! Ama gerçek bu değil. Resim, Güney Afrika'da bir mağara duvarında bulunmuştu.

İsveç'de ve Norveç'de de böyle tuhaf durumlar ortaya çıkmıştı. Buradaki mağara çizimlerinde, tanrıların kafaları garip bir şekilde resmedilmişti. Arkeologlar bunların hayvan kafası olduğunu savundu ama ilkel insanların hayvanları kestiği ve bir yandan da onlara tapındığı iddiası gerçekten saçmaydı. Tanrıların hemen yanında ise kanatlı araçlar ve antenler de yer alıyordu.

Val Camonica'daki (Brescia, İtalya) mağara duvarlarında ise boynuzlu ve şık giyimli insan çizimleri bulunuyordu. İtalyan ressamların, yeteneklerini sergilemek için dünyanın bir ucundan diğer ucuna dolaşıp mağaralara çizim yaptığını söyleyemeyiz. Öyleyse şu soru hala zihnimizde yanıp söner. Neden dünyanın bambaşka noktalarında yaşayan ilkel insanlar, antenli, tuhaf giysili figürler çizmişti?

Geçmişe çağımızın bakış açısıyla ve teknolojisiyle yaklaşırsak, gerçekleri gizleyen sis perdelerinin kalktığını göreceğiz. Sıradaki bölümde bahsedeceğimiz kutsal kitapları teorimizle ilişkilendirmeye çalışacağız. Belki bu sayede, tarih araştırmacılarının yenilikçi sorularla yüzleşmesini sağlayabiliriz.

DÖRDÜNCÜ BÖLÜM

TANRI BİR ASTRONOT MUYDU?

Büyük sırlar ve çelişkiler yumağı kitap, yani TEVRAT...

Örneğin, yaradılış bölümü, dünyanın oluşumunu doğru bir jeolojik hesapla anlatıyor. Peki ama bunu yazanlar, minerallerden bitkilerin, bitkilerden de hayvanların meydana geldiğini nereden biliyordu?

Yaradılış Bölümü i, 26'da şöyle yazmaktadır: "Ve Tanrı, bize benzeyen ve bizim görüntümüzde insan yaratalım, dedi."

Tanrı neden çoğul olarak konuşuyor? Neden 'ben' değil 'biz', 'benim' değil 'bizim' diyor? Eşsiz ve yüce Tanrı'nın tekil şahısta konuşması gerekmez mi?

"Ve insan yeryüzünde çoğalmaya başladı ve kız çocukları doğdu. Tanrı'nın oğulları, insanın kız çocuklarını beğendi ve aralarından seçtiklerini eş olarak aldı." (Yaradılış Bölümü i, 1-2).

İnsanın kız çocuklarını kendilerine eş olarak alan 'Tanrı'nın oğulları' kimdi? Antik İsrail'de bir tek kutsal Tanrı olduğuna göre, 'Tanrı'nın çocukları diye anılanlar kimdi?

"O günlerde dünyada devler yaşıyordu. Sonra Tanrı'nın oğulları, insanın kızlarına çocuklar verdi. Onlar, eski ve meşhur insanlardan doğdu ve kudretli insanlar oldu." (Yaradılış Bölümü vi, 4).

Yine insanlarla çiftleşen Tanrı'nın oğullarıyla karşılaşıyoruz. Ve burada 'devler', ilk kez telaffuz ediliyor. 'Devler' sözcüğü evrensel literatürde yerini çoktan aldı. Eski kitaplarda, doğu ve batı mitolojisinde, Tiahuanaco efsanelerinde ve Eskimo destanlarında çokça sözü geçer. Bu kadar sıkça bahsedildiklerine göre varlıklarına inanabiliriz. Peki nasıl varlıklardı bu devler? Dev yapılar kuran, iri kaya parçalarını kolayca taşıyan atalarımız mı, yoksa teknik donanımlarıyla çalışmış uzaylılar mı? Kesin olan şudur. Tevrat'ta sözü geçen devler Tanrı'nın oğulları olarak anılıyor ve insanlarla çiftleşerek ürüyor.

Yaradılış Bölümü xix,1-28'de ise Sodom ve Gomore felaketinin detaylı ve heyecanlı hikayesi anlatılıyor:

Bir akşam Lut Baba şehrin kapısında otururken Sodom'a iki melek gelir. Lut, bu melekleri önceden tanımakta hatta onları beklemektedir. Misafirlerini evde yatıya davet eder. Tevrat'a göre halk da bu meleklerle tanışmak ister. Meleklerin olağanüstü yetenekleri vardır. Mesela şehirdeki çapkınların cinsel arzularını bir hareketle yok edebiliyor, huzursuzluk yaratanları kör edebiliyorlardı.

Yaradılış Bölümü xix. 12-14'te şöyle anlatılır, "Melekler, Lut'a karısını, kızını, gelin ve damatlarını alıp şehri derhal terk etmesini söyledi. Dediklerine göre şehir yok edilecekti. Aile fertleri ise bu tuhaf uyarıyı ciddiye almadı ve Lut'un şaka yaptığını düşündü." Yaradılış bölümü olayı anlatmaya devam eder:

"Ve gün doğduğunda, melekler Lut'a telaşla seslendi. *Kalk, karını ve iki kızını al, yoksa hep beraber yok olacaksınız.* Lut beklerken, melekler de karısının, kızlarının ve onun ellerini tuttular, Tanrı onlara merhamet ediyordu. Onları alıp şehrin dışına çıkardılar. Biraz daha uzaklaşınca, *arkanıza bakmayın canınızı seviyorsanız kaçın, düzlüklerde durmayın, dağlara çıkın, yoksa mahvolursunuz. Çabuk olun, buradan uzaklaşın yoksa sizi asla kurtaramam.*"

Bu hikayeye göre, 'melek' diye bahsedilen iki yabancının, yerliler tarafından bilinmeyen güçleri vardı. Onlara acele etmelerini söylemeleri ve Lut ailesinin şehirden çarçabuk çıkarılması da düşündürücü. Lut duraksayınca, tüm aileyi tutup sürüklüyorlar. Birkaç dakika içinde kaçmaları gerekiyor. Lut ve ailesinin dağlara kaçmasını emrediyorlar. Ama, Lut onlara sınırsız bir itaat göstermiyor ve duruma itiraz ediyor, "...dağlara kaçamam, kötülük gelsin, öleyim, ne yazar!" Kısa bir süre sonra melekler onu yeniden uyarıyor. Eğer onlarla gitmezse, canından olacağını söylüyorlar.

Sodom'da olan biten neydi? Tanrı'nın kudreti, bir zaman tablosuna bağlı olamazdı herhalde. O halde 'melekler' neden acele ediyordu? Yoksa şehir, saate bağlı bir güç sistemiyle ortadan kaldırılacak mıydı? Geri sayma işlemi başlamış ve melekler bunu biliyor olabilir miydi? Belli ki patlama anı yakındı. Peki Lut ailesini korumanın daha kolay bir yolu yok muydu? Neden ne olursa olsun arkalarına bakmamaları ve dağa kaçmaları söyleniyordu?

Bunlar gereksiz sorular gibi görünebilir ama Japonya'ya atılan atom bombalarının insanlara verdiği zararı, ölümleri ya da miras bıraktığı hastalıkları biliyoruz. O halde varsayılan senaryoya uyum sağlaması için bir anlığına, Sodom ve Gomore'nin kasten, bir nükleer patlamayla yok edildiğini varsayalım. Bir adım daha öteye giderek, şöyle düşünebiliriz. Belki 'melekler', şehirdeki bazı bölünebilir maddeleri yok etmek, bir yandan da hoşlanmadıkları bir insan neslini ortadan kaldırmak istedi. Patlama zamanı belliydi ve Lut ailesi gibi kaçıp kurtulması gerekenler, kayalar ışınların etkisini azaltacağı için dağlara götürüldü. Ve hikayenin gerisi belli: Lut'un karısı arkasını dönüp atom ışınlarına çıplak gözle baktı. Bu durumdaki birinin hemen ölmesi, günümüzde kimseyi şaşırtmaz, değil mi? "Ve sonra Sodom ve Gomore üzerine kükürt ve ateş yağdı..."

Felaketin öyküsü, şöyle son buluyordu (Yaradılış Bölümü xix. 27-28):

"Ve İbrahim sabah erkenden kalkıp Tanrı'nın durduğu yere gitti. Ve Sodom ve Gomore'nin dümdüz topraklarına baktı: Şehir, ocak gibi tütüyordu."

Atalarımız kadar dindar olabiliriz ama onlar kadar radikal değiliz. Olaya iyi niyetle yaklaşsak bile, her şeyi görebilen, her şeye kadir Tanrı'nın yaptıklarının, sonuçlarını öngöremediğini kabul edemeyiz. Tanrı insanı yaratmış ve eserinden memnun olmuştu. Ama sonradan bundan pişmanlık duymuş olmalı ki yarattıklarını yok etmeye karar verdi. Öte yandan, günümüzün bilgili insanları olarak, merhametli bir tanrının, diğer oğullarını ölüme gönderirken, Lut ve ailesine neden ayrıcalık tanıdığını da düşünmek zorundayız. Tevrat'ta, Tanrı'nın ve meleklerin gökten korkunç gürültülerle ve dumanlar saçarak inmesi, birçok bölümde, değişik kişilerin ağzından, pek etkileyici biçimde betimleniyor. Bunların en ilginçlerinden birini peygamber Hezekiel anlatıyor: (Tevrat, Hezekiel i-iv)

"Otuzuncu yıl, dördüncü ay ve beşinci günde, Kebar ırmağının yanında, esirlerin arasındaydım... Birdenbire gökler açıldı ve kuzeyden bir hortum yaklaştı. Etrafı parlak, ortasında ışıldayan madenle ateş saçan dev bir bulut geliyordu. İçinden dört yaratık çıktı ve görünüşleri şöyleydi: İnsana benziyorlardı, her birinde dört kanat vardı. Ayakları dümdüzdü. Tabanları, buzağı tabanları gibiydi ve cilalı pirinç gibi parlıyorlardı."

* * *

Hezekiel, aracın nasıl iniş yaptığını ayrıntılarıyla anlatıyor. Kuzeyden gelen parlak bir nesnenin, kumları uçurarak yere indiğini tarif ediyor. Tevrat'ta, Tanrı'nın her yerde olduğundan bahsedilir. Öyleyse kudretli Tanrı neden belli bir yönden geliyor? Tanrı, bunca gürültü patırtı olmadan istediği yere gidemez mi?

Durumu açıklığa kavuşturmak için Hezekiel'e kulak verelim.

"Ben yaratıkları izlerken, yanlarında dörder tane tekerlek vardı. Bu tekerlekler zümrüte benziyordu. Her biri sanki diğeriyle iç içe geçmişti. Onlar yürüyünce tekerlekler de yuvarlanmadan yürüyordu. Çemberleri yüksek ve ürkütücüydü. Ve çemberler gözlerle doluydu. Çemberler yaratıklarla yürüyor, onlar yükseldikçe çemberler de yükseliyordu."

Güzel bir anlatım, değil mi? Hezekiel'e göre tekerlekler iç içe ve yürürken hiçbiri dönmüyor. Bu bir göz yanılgısı aslında. Belki de o kadar hızlı dönüyorlardı ki Hezekiel bu hızı algılayamadı. Hezekiel, Amerikalıların günümüzde bataklık ve çöllerde kullandığı arazi araçlarına benzeyen bir vasıta görmüş olabilir. Tekerleklerin yaratıklarla beraber yükselmesini de açıklayabiliriz. Çok fonksiyonlu, amfibik helikopter gibi araçlar, tekerleklerini de birlikte uçurur. Hezekiel'in gözünden olay şöyle devam eder:

"*Adem oğlu, ayağa kalk da, konuşalım,* dedi bana..."

Bu sırada anlatıcı korkunç bir ses duyar ve korkuyla titreyerek yere kapaklanır. 'Adem oğlu' ifadesiyle kastedilen Hezekiel'dir. Hikaye şöyle devam eder:

"...*Tanrı'nın ışığı üzerimize olsun*, diyen bir gürleme duydum. Yaratıkların kanatları birbirine değdikçe, seslerini ve tekerleklerin gürültüsünü işittim."

Hezekiel aracı tarif ettikten sonra, havalandığında bıraktığı etkiden de söz ediyor. Tekerlek ve kanatların 'büyük bir gürültüyle' hareket ettiğinden bahsediyor. Yani, Hezekiel olayların şahidi. 'Tanrılar' onunla konuşup ülkedeki kanunları düzenlemesini istiyor. Onu araçlarına bindirerek yanlarına alıyor ve telaşlanmamasını, ülkeyi henüz gözden çıkarmadıklarını söylüyorlar. Bu olaydan çok etkilenen Hezekiel, araçtan bahsetmeyi sürdürüyor. Üç bölümde daha, 'dört tarafa gidebilen iç içe ve dönmeyen tekerleklerden' bahsediliyor. Onu en çok etkileyen, aracı saran gözler. Tanrılar ona gözleri olan fakat görmeyen, kulakları olan ama işitmeyen bir 'isyankarlar evi'nde bulunduğunu söylüyor. Hezekiel'i vatandaşlar hakkında bilgilendirip kanunlarla ilgili emir ve öğüt verdikten sonra gidiyorlar. Hezekiel, görevini ciddiye alarak tanrıların verdiği bilgileri yayıyor.

Bu noktada, farklı sorular yine bizi bekliyor.

Hezekiel'le konuşanlar kimdi? Nasıl canlılardı?

Kelimenin tam anlamıyla 'Tanrı' olmaları olanaksızdır, çünkü bir yerden diğerine geçmek için araç kullanıyorlardı. Bu yaptıkları, her an her yerde olması gereken tanrı kavramıyla uyuşmuyordu.

Bu olaylar ışığında, Tevrat'ta sözü geçen bir teknik buluşa da değinmemiz gerekiyor.

Exodus (Çıkış) xxv, 10'da, Musa, Ahit Sandığı'nın yapımı konusunda Tanrı'dan aldığı emirlerden bahsediyor. Talimatlar, santimetresi santimetresine veriliyor, pervaz ve çemberlerin nereye takılacağı net bir şekilde belirtiliyor. Tüm bu uyarıların amacı, sandığın Tanrı'nın istediği biçimde yapılmasıydı elbette. Hatta Musa, hata yapmaması için birkaç kez uyarılıyordu:

"Sana dağda gösterildiği biçimde yap." (Exodus, xxv, 40).

Tanrı, Musa'nın kendisiyle kefaret örtüsü aracılığıyla konuşabileceğini söylüyordu. *Hiç kimse, sandığa yaklaşmamalıdır*, diyor Musa'ya. Sandık taşınırken özel ayakkabılar ve kıyafetler giyilmesi gerektiğini söylüyor. Bunca özene rağmen aksaklıklar oluyor (2. Samuel vi, 2). Davud sandığı alarak Uzza'nın kullandığı bir öküz arabasına bindiriyor. Ancak yolculuk sırasında öküzler sendeliyor ve sandık düşmesin diye tutmaya çalışan Uzza, oracıkta yıldırım çarpmışa dönüp ölüyor.

Sandık, şüphesiz ki elektrik yüklüydü. Eğer Musa'ya gelen talimatlara uyarak sandığı günümüzde yeniden yaparsak, binlerce volt elektrik akımı ortaya çıkar. Biri pozitif, öteki negatif yüklü iki altın tabaka da kondansatör görevi görür. Hatta kefaret örtüsündeki iki 'kanatlı melek'ten biri mıknatıs işlevi görürse -belki de Musa ve araç arasında bağlantı sağlayacak olan- bir hoparlör elde edilmesi olası. Ahit Sandığı'nın yapılışıyla ilgili bilgiler Tevrat'ta ayrıntılı biçimde okunabilir. Anımsadığım kadarıyla, Exodus'un bazı bölümlerinde sandıktan kıvılcımlar saçıldığı ve Musa'nın yardıma ihtiyaç duyduğunda bu 'verici'den faydalandığı yazar. Musa, Tanrı'sının sesini duyar ama onu göremez. Bir keresinde onu görmek isteyince, Tanrı'dan şu cevabı alır:

"Yüzümü göremezsin, çünkü hiçbir insanoğlu beni gördükten sonra yaşayamaz. Yanımda bir yer var ve kayanın üstüne çıkacaksın. Oradan şanımla geçerken seni bir kayanın kovuğuna koyacağım ve elimle yüzünü kapatacağım. Geçtikten sonra elimi çekeceğim ve yalnızca arkam görünecek ama yüzümü göremeyeceksin." (Exodus xxxiii, 20-23).

Eski yazılarda da bu olaya benzer örnekler var. Tevrat'tan çok daha önce yazılmış, Sümer kaynaklı Gılgamış Destanı'nda neredeyse aynı ifadeye yer veriliyor:

"Hiçbir fani, Tanrılar'ın yaşadığı dağa gelemez. Tanrılar'ın yüzünü gören, ölmelidir."

İnsanlık tarihini anlatan başka kitaplarda da böyle ifadeler kullanıldı. Neden Tanrılar, insanlarla yüzyüze gelmek istemiyordu? Neden maskelerini çıkarmıyorlardı? Korktukları neydi? Tevrat'taki bu olay, Gılgamış Destanı'ndan alınmış olabilir miydi? Neden mümkün olmasın? Sonuçta Musa, Mısır sarayında yetişmişti. Belki de antik sırların gizlendiği kütüphanelere ve dolayısıyla Gılgamış Destanı'na ulaşma şansı bulmuştu.

Tevrat'ın tarihiyle ilgili bilgilerimizi de sorgulamakta fayda görüyorum. Çünkü kitapta, çok daha sonralarda yaşayan Davud'un, altı parmaklı bir devle mücadele ettiği yazmaktadır. (2. Samuel xxi, 18-22). Bütün tarihi hikayelerin, destan ve efsanelerin, bir noktada toplandıktan sonra, dünyaya kopyalarının ve değişik biçimlerinin yayıldığını düşünebiliriz.

Lut Gölü civarında bulunan Kumran Yazıtları, Yaradılış bölümüne büyük benzerlik gösteriyor. Günümüze kadar bilinmeyen yeni bulgular da var. Bunlar, göklerdeki savaş arabalarından, göğün oğullarından, dumanını savurarak uçan kanatlı ve tekerlekli varlıklardan söz ediyor. Musa Apokalips'inde (33. bölüm) Havva'nın göğe bakarken dört parlak kartal tarafından çekilen bir savaş arabası gördüğü anlatılıyor. *Bu arabanın görkemini hiçbir dünyalı algılayamaz*, der Musa. Nihayet araba Adem'in yanına iner ve tekerleklerinden duman tüter. Bu hikaye, yeni bir şey söylememektedir. Çünkü Adem ve Havva'dan çok önce de tekerlekli, ateşli ve dumanlı savaş arabalarından bahsediliyordu.

Lamek Yazıtları'nda inanılmaz bir olaydan bahsediliyor. Yazıtların bir bölümü korunamadığı için, bazı cümleler ve ifadeler okunmaz haldeydi ama kalan kısmı, merak uyandırıcı ve söz etmeye değer.

Hikayeye göre, Nuh'un babası Lamek, bir gün evine döndüğünde, görünüşüyle aileden kimseye benzemeyen bir erkek çocuğuyla karşılaşır. Bunun üzerine karısı Bat-Enoş'u çağırır ve çocuğun kendinden olmadığını söyler. Bat-Enoş, çocuğun babasının Lamek olduğunu, bir asker ya da gökten gelen Tanrı'nın oğullarından biri olmadığına tüm kutsal değerler üzerine yemin eder. (Bu olaylar tufandan önce meydana geldiğine göre, Tanrı'nın oğullarının kim olduğunu sorabiliriz.) Lamek karısına inanmaz ve üzgün bir şekilde, babası Methuselah'a akıl danışmak üzere yola çıkar. Babasının yanına gidip onu üzen hikayeyi ailesine anlatır. Methuselah oğlunu dinledikten sonra konuyu danışmak üzere Enok'a başvurmaya karar verir. Bunun için uzun bir yolculuğa çıkması gerekse de çocuk meselesi aileyi sarsınca, baba bunu göze alır.

Enok, Methuselah'ı dinler ve yaşlı adamı kötü haberler vererek evine gönderir. (Yakında dünyaya bir dolu yargıç gelecek, insanları ahlaksızlık ve kötülükle itham edip yargılayıp yok edecektir. Ama aileye şüpheli bir şekilde girmiş bu yabancı çocuk, bu yargılamadan kurtulacak olanların dedesidir. Lamek'e, çocuğun adının Nuh konması söylenmelidir.) Methuselah eve döner ve oğlu Lamek'e duyduklarını anlatır. Lamek'in, çocuğu kabul edip ona Nuh adını vermekten başka çaresi kalmaz.

Bu açıdan bakınca, tufanın, bir iki üstün kişi dışında kalan insanları ortadan kaldırmak için, bilerek yapıldığı anlaşılıyor. Böyle olunca da ilâhî bir yargılama niteliği ortadan kalkıyor.

Bu hikayedeki şaşırtıcı taraf, Nuh ailesini ve Methuselah'ı uyaran Enok'un, bir süre sonra ateş saçan arabalarından birine binip ortadan kaybolması.

Bu durum, insan ırkıyla uzaydan gelen bilinmeyen varlıkların üremesi konusunu zihnimizde netleştirmiyor mu? Aksi halde insanların, devler ya da Tanrılar'ın oğullarıyla çiftleştirilip başarısız ürünlerin ortadan kaldırılmasını nasıl açıklayabiliriz? Şu halde tufanın, birkaç özellikli insan dışında kalan vasıfsız insanları yok etmek için yapıldığı sonucuna varabiliriz.

Tufan, Nuh'un gemisinin yapımından uzun yıllar önce planlanmıştı. Ve bu bilgiler ışığında, olaya ilahi yargılama olarak bakmak yersizdir.

Günümüzde, yüksek zekalı yapay insanların çoğaltılması saçma bir teori olmaktan çıktı. Tıpkı Tiahuanaco efsanelerinde söz edilen Ana'nın, Güneş Kapısı'na uzay aracıyla gelip 70 çocuk doğurması, din kitaplarının "Tanrı, insanı kendi görüntüsünde yarattı," diye yazması gibi. Eski din kitaplarından bazılarında, insanın 'Tanrılar'ın' istediği biçimde yaratılması için, bazı deneyler yapıldığı yazıyordu. Bilinmeyen uzaylı varlıkların dünyamıza geldiklerini öne süren teorimizden devam edersek, bugünkü varlığımızı onlara borçlu olduğumuzu söyleyebiliriz.

Bu deliller zincirinde, merak uyandıran bir başka halka ise, tanrıların atalarımızdan talep ettiği bazı hediyelerdir. Bu istekler, tütsü ya da kurbanlık hayvanla sınırlı değildi. Hediye listesinde çeşitli maddelerden yapılmış madeni paralar da vardı. Antik Doğu'nun en büyük maden ergitme tesisleri, Ezeon Geber'de bulunmuştu. Bu tesislerde, hava kanallarıyla donatılmış modern bir ocak ve çeşitli amaçlarla açılmış delikler vardı. Günümüzün maden ergitme uzmanları, ilkel zamanlarda böyle bir tesiste nasıl bakır elde edildiğini açıklayamıyor ama Ezeon Geber civarında bulunan mağaralarda elde edilen geniş bakır sülfat yatakları, bakır üretimini doğruluyor. Tüm bu bulguların 5000 yıl öncesine ait olduğunu söylemeden geçmeyeyim!

Eğer dünyamızdan yola çıkan uzay yolcularımız da bir gezegene inip ilkel insanlarla karşılaşırsa, onlar da birdenbire 'tanrı' ya da 'tanrının oğlu' olacak. Belki biz de tıpkı ilkel insanlarımızdan üstün olan meşhur canlılar gibi, henüz ayak basmadığımız ve hayalini dahi kurmadığımız o gezegendeki canlılardan üstün olacağız. Ama bir de indikleri gezegendekilerin, bizden çok daha gelişmiş varlıklar olduğunu düşünelim. O zaman astronotlarımız 'tanrı' olarak değil, belki de ilkel yaratıklar olarak görülecek. Ne büyük hayal kırıklığı ama!

BEŞİNCİ BÖLÜM

GÖKKUBBEDEN İNEN ATEŞLİ ATLILAR

Yüzyılın başında Kuyuncik Tepesinde kaydadeğer bir bulguya rastlanmıştı. Asur Kralı Asurbanipal'in kütüphanesinde bulunan kahramanlık destanı, on iki kil tablet üzerine yazılmıştı. Dili Akatça'ydı ama sonradan bulunan ikinci kopyası Hammurabi'ye kadar uzanıyordu.

Son araştırmalar, Gılgamış Destanı'nın asıl metninin Sümerliler tarafından yazıldığını, konularının Tevrat'taki Yaradılış Bölümü'yle büyük benzerlikler gösterdiğini ortaya koydu.

Gılgamış Destanı'nın orijinal metninin Sümerliler tarafından yazıldığı, bilinen bir gerçek. Sümerliler'in kökeninin bilinmediğinden, geriye on beş rakamlı bir sayı bıraktıklarından ve astronomide ileri olduklarından bahsetmiştik. Gılgamış Destanı ise konular itibariyle Tevrat'a paralel gidiyor.

Kuyuncik bulgularında rastlanan ilk tablette, muzaffer kahraman Gılgamış'ın Uruk şehrinin etrafına yaptırdığı kalelerden söz ediliyor. 'Göklerin Tanrısı', içinde tahıl muhafaza ettiği geniş bir evde yaşıyordu. Surlarını pek çok muhafız bekliyordu. Gılgamış üçte iki 'tanrı', üçte bir insan karışımı bir yaratıktı. Uruk'a gelen hacılar, ona korkarak ve titreyerek bakıyordu. Hiçbiri, hayatında böylesine güzelliği ve gücü bir arada görmemişti. Başka bir deyişle, bu anlatımda, insan-tanrı çiftleşmesi yine karşımıza çıkıyor.

İkinci tablette ise başka bir karakterden, Enkidu'dan söz ediliyor. Enkidu, gökler tanrıçası Aruru tarafından yaratılmıştı. Tüm ayrıntılarıyla betimlenen Enkidu, bedeni kıllarla kaplı, post giyen, meralarda otlayan ve sürüdeki hayvanlarla aynı yalaktan su içen bir yaratıktı. Suda yüzüp yuvarlanmaya bayılıyordu.

Bu sevimsiz yaratığın namı, Uruk kralı Gılgamış'ın kulağına kadar gelmişti. Kral, bu yaratığın sürüden ayrılmasını istedi ve çözüm olarak ona güzel bir kadın bulmayı tasarladı. Ona şehrin en güzel kadınını ayarladı ve saf Enkidu, tanrıça gibi bu kadınla altı gün altı gece geçirdi. Buradan da şu sonuca varabiliriz: Yarı tanrıça ve yarı hayvan iki canlının çiftleşmesi, o barbar dünyada pek de ciddiye alınacak bir konu değildi.

Üçüncü tablette ise, uzaklardan gelen bir toz bulutundan bahsediliyor. Gökler gümbürdedi, depremler oldu ve nihayet 'Güneş Tanrısı' çıkageldi. Enkidu'yu güçlü kanatları ve pençeleriyle sardı. Enkidu'nun bedenine kurşun gibi oturdu ve onu kaya gibi ağırlaştırdı.

Destan yazanların gelişmiş hayal gücünü ve aktarımlar sırasında çevirmenlerle anlatıcıların yaptığı değişiklikleri kabul etsek bile, konuya dair şaşırtıcı noktalar da var. Destan yazarları, bedenin belli bir yükten sonra kurşun gibi ağırlaştığını nereden biliyordu? Evet, yer çekimi ve hızın gücünü bugün biliyoruz. Bir astronotun kalkış sırasında ne kadarlık güçle koltuğuna yapıştığını hesaplayabiliyoruz. Peki ya o gün? Sümerliler bu bilgiyi nereden elde etmişlerdi? Destanı yazanlar, bunu nereden biliyordu?

Beşinci tablet, Enkidu'yla Gılgamış'ın 'tanrıları' ziyaret edişini anlatıyor. İkili, Tanrıça Irninis'in yaşadığı kulenin ışıklarını uzaktan gördü. Varış noktasına yaklaştıkça, korumaların uyarı okları üstlerine yağdı ama onlara zarar vermedi. Nihayet, tanrıların evine çok yaklaştılar ama onları bir ses karşıladı:

"Geri dönün! Hiçbir fani, tanrıların yaşadığı kutsal dağa giremez. Tanrının yüzünü gören ölmelidir."

Exodus'da ise, "Yüzümü göremezsin. Çünkü hiçbir insanoğlu beni gördükten sonra yaşayamaz," diyordu.

Yedinci tablette ise, Enkidu'nun şahitliğinde gerçekleşen bir uzay yolculuğu anlatılıyor. Enkidu, bir kartalın pirinç kanatlarına tutunarak saatlerce uçmuştu:

* * *

"Bana dedi ki: *Karaya bak. Nasıl görünüyor? Denize bak? Sence neye benziyor?* Kara, dağa, deniz ise göle benziyordu. Dört saat daha uçtuk ve bana dedi ki: *Şu karalara bak. Nasıl görünüyor? Peki ya deniz? Sence neye benziyor?* Kara, bir bahçeye, deniz ise bahçeye giden su kanallarına benziyordu. Dört saat daha uçtuk ve yine sordu: *Karaya bak. Nasıl görünüyor? Denize bak? Sence neye benziyor?* Kara, yulaf lapasına, deniz ise su birikintilerine benziyordu."

Bu ifadelere göre, bir canlının dünyayı yüksek mesafeden izlediğini anlıyoruz. Olay, hayal gücü olamayacak kadar kesin çizgilere sahip. Eğer yukarıdan bakmasa, karaları lapaya ya da denizleri su birikintisine kim benzetebilir ki? Gerçekten de dünyanın çok yüksekten çekilmiş resimlerine bakarsak, dünya, etrafında su birikintileri bulunan bir tas lapanın yap-bozunu andırır.

Aynı tablette, bir kapının dillenip insan gibi konuştuğu anlatılıyor. Günümüz teknolojisi açısından bakarak, bunun bir hoparlör olduğu sonucuna varabiliriz. Sekizinci tablette ise dünyayı yükseklerden izleyen Enkidu'nun, anlaşılmayan bir hastalıktan öldüğünü öğreniyoruz. Hastalığa kimse anlam veremeyince, Gılgamış, şüphelinin göklerdeki canavarın zehirli nefesi olup olmayacağını sorguluyor.

Dokuzuncu tablette, Gılgamış'ın, dostu Enkidu'nun ölümünden sonra yas tutması ve aynı hastalığa yakalanma korkusuyla tanrıları bulmak için yollara düşüşü anlatılıyor. Anlatıcı, Gılgamış'ın 'güneşin kapısı' denen, tepede birleşmiş iki dağa geldiğinden söz ediyor. Güneş Kapısı'nı bekleyen iki dev, uzun tartışmalardan sonra, kralın üçte iki tanrı olduğunu hesaba katarak onu içeri alıyor. Nihayet Gılgamış, ardında uçsuz bucaksız denizlerin uzandığı, tanrıların bahçesine varıyor. Yolda giderken, tanrılar onu iki kez uyarıyor:

"Gılgamış, ne acelen var? Aradığın sonsuz yaşamı bulamayacaksın. Tanrılar insanı yaratırken ona ölümü de verdi ama yaşam yine tanrılara kaldı."

Gılgamış söylenenlere kulak asmıyor. Her türlü tehlikeyi göze almış. Amacı, insanların babası Utnapiştim'e ulaşmak. Ama Utnapiştim, koca denizin uzak kıyısında yaşıyor ve Güneş Tanrısı'nın gemisi hariç hiçbir araç oraya varamıyor. Gılgamış, gözünü karartıp denizi aşıyor. On birinci tablet, Gılgamış'ın Utnapiştim'le konuşmasını anlatıyor.

İnsanların babası, Gılgamış'tan ne büyük ne de küçüktü. Kral, birbirlerine baba-oğul kadar benzediklerini söylüyor. Utnapiştim geçmişini birinci ağızdan anlatmaya başlıyor.

Bu bölümde, şaşırtıcı biçimde, tufanın ayrıntılarına giriliyor. Tanrılar, Utnapiştim'i uyarmış, kadınları, çocukları, yakınlarını ve her tür ustayı tufandan korumak için bir gemi yapmasını emretmişti. Şiddetli fırtınanın, karanlığın, yükselen suların ve gemiye binemeyenlerin çaresizliği, güçlü bir anlatımla betimleniyor. Nuh'un Tevrat'ta anlatılan hikayesindeki gibi, yolculuğun sonunda bir karga ve güvercin gönderilmiş, sular alçalmış ve gemi de bir dağın tepesine oturmuştu.

Gılgamış Destanı'yla Tevrat arasındaki benzerlik, su götürmez bir gerçek. Bu benzerliğin en etkileyici tarafı, destan ve Tevrat'ın bahsettiği tanrılar ve kehanetlerin farklı oluşudur.

Tevrat'ta anlatılan tufanın, destandakinin yeniden yazımı olduğunu düşünürsek, Utnapiştim'in hikayeyi birinci ağızdan anlatması, olaya tanıklık ettiğini gösterir.

Antik Doğu'da binlerce yıl önce büyük bir tufanın meydana geldiği kesindi. Eski Babil'in çivi yazısı tabletlerinde, geminin bulunduğu yer net bir biçimde tarif edilmişti. Araştırmacılar, Ağrı Dağı'nın güneyinde geminin oturduğu yeri gösterdiği tahmin edilen üç tahta parçası bulmuştu. Ancak 6000 yıl önce, tahtadan yapılmış ve tufana maruz kalmış bir geminin kalıntılarının günümüze ulaşması neredeyse olanaksızdı.

Tufanı ilk ağızdan anlatması dışında, Gılgamış Destanı, yazıldığı dönemde hiçbir canlının yapamayacağı kadar olağanüstü olaylar anlatıyor. Aklımıza ilk önce, bunları destanı aktaranların ya da çevirmenlerin eklediği gelebilir ama anlatımdaki gizli bazı öğeler ancak günümüz bilgileri ışığında aydınlığa kavuştuğundan, ekleme ihtimalini çürütüyor.

Belki de yeni sorular, karanlığa bir nebze ışık tutabilir. Gılgamış Destanı, Antik Doğu'dan değil de Tiahuanaco bölgesinden çıkmış olamaz mı? Gılgamış neslinin Güney Amerika'dan göç edip destanı beraberinde getirmiş olması mümkün değil mi? Bu soruların onaylanması, Güneş Kapısı'ndan bahsedilmesini, büyük bir denizin aşılmasını ve Babil'deki tüm eserlerin sahibi Sümerliler'in ortaya çıkışını açıklayabilir. Gelişmiş Firavunlar'ın gelişmiş Mısır kültüründe, eski sırların saklandığı büyük kütüphaneler vardı. Daha önce de söz ettiğim gibi, Musa, Mısır saraylarında yetiştiği için bu kütüphanelere erişme imkanı bulmuştu. Musa saygın ve bilge biriydi, hatta bizzat beş kitap yazdığı sanılmaktadır. Ama bu kitapları hangi dilde yazdığı bir muamma.

Gılgamış Destanı'nın, Mısır'a Asurlular ve Babiller aracılığıyla geldiğini ve genç Musa'nın onu okuyup belli amaçlarla değiştirdiğini varsayalım. Bu durumda, tufanın orijinali Tevrat'ta değil, Gılgamış Destanı'nda yer alır, diyebiliriz.

Öte yandan, bahsedilen tanrının, bir yere gitmek için tekerlekli ve kanatlı araçlar kullandığı, ilkel insanlarla dostluk kurduğu ve maskesini asla çıkarmadığını destekleyen varsayım, kanıtlanmadığı sürece saldırgan bir iddia olarak kalmaya mahkumdur. Din bilimcileri, tanrının yüceliğinden, kendini dilediği gibi gösterebildiğinden bahsetse de bu açıklamalar sorularımızı savuşturmak anlamına gelir ve bizi tatmin etmez. İnsanlar, yeni gerçeklere kulak tıkamayı tercih eder. Ama gelecek, geçmişimizi günden güne kemirir. Yaklaşık on iki yıl sonra, insanoğlu Mars'a ayak basacak. Eğer orada tek, antik ve uzun süre önce terk edilmiş bir yapıya ya da eski varlıkları işaret eden en ufak bir bulguya rastlanırsa veya mağara duvarlarında bir tek resim bulunursa dinlerin temeli sarsılacak ve geçmişimize ait bilgiler arapsaçına dönecek. Bu tür bir tek bulgu bile, insanlık tarihinin en büyük devrim ve değişimine sebep olacak.

Gelecekle karşılaşmamız kaçınılmaz olduğuna göre, geçmişimizi araştırırken yeni fikirlere açık olmamız daha akıllıca değil mi? Artık, şüpheci tavrımızı bir kenara bırakıp her şeye körü körüne inanmak gibi bir lüksümüz yok. Her dinin bir çerçevesi, şeması, tanrısı vardır ve bu çerçevede düşünülüp inanılması beklenir. Bu arada, Uzay Çağı'yla birlikte aydınların mahkeme günü de gelecek. İşte o zaman, dinin yarattığı bulutlar dağılacak. Uzaya atılan kararlı adımlar sonucu, iki milyon tanrı, yirmi bin mezhep ya da on tane din yerine, tek tanrı olduğu anlaşılacak.

Neyse, şimdi insanlığın geçmişi üzerine kurduğumuz varsayıma devam edelim. Şimdiye dek manzara şöyledir:

Çağlar önce bilinmeyen bir uzay gemisi dünyamızı keşfetmişti. Mürettebat kısa sürede, dünyanın, akıllı varlıkların geliştirilmesi için uygun bir ortam olduğunu anladı. Ancak o zamanki canlılar 'homo sapiens' değil, başka türden varlıklardı. Uzay yolcuları, bu neslin dişilerini suni olarak döllemiş, kadınları derin bir uykuya yatırıp gezegenimizi terk etmişti. Binlerce yıl sonra geri döndüklerinde, yeryüzüne dağılmış 'homo sapiens'leri bulmuşlardı. Toplum kurallarına uyacak akıllı yaratıklar meydana gelene dek, dölleme deneylerini sürdürmüşlerdi. Ama o zamanki insanlar hala barbardı. Uzaylılar onların yeniden hayvanlarla yaşayıp kötüleşeceğini düşünerek çoğunu yok etmiş, biraz daha iyi durumda olanları ise başka kıtalara yerleştirmişti. Kalanlar, toplum hayatının ilk örneklerini vermiş, mağara duvarlarını boyamış, çömlekçiliği keşfetmiş ve ilk mimarlık girişimlerinde bulunmuştu.

Bu ilk insanlar, uzay yolcularına büyük saygı duyuyordu. Çünkü onlar, bilinmeyen bir gezegenden gelmiş ve geri dönmüş 'tanrılardı'. Bazı esrarengiz sebeplerden ötürü bu 'tanrılar', bilgilerini insanlara aktarmak istiyordu. Yarattıkları insanlara dikkat ediyor, onları yozlaşmadan ve kötülüklerden korumayı amaç edinmişlerdi. Toplumun adım adım gelişmesini istiyorlar, sorun çıkaranları yok ediyorlar kalanlara bir toplumun gelişmesi için gereken temel kavramları öğretiyorlardı.

Elbette bu varsayımımızda pek çok boşluk var. Kanıtlarımız eksik olsa da gelecekte bu boşlukların bazılarının dolacağına inanıyorum. Bu kitap bazı kurgulardan oluşan varsayımları anlatıyor ve varsayımlar doğru çıkacak diye bir kural yok elbette. Öte yandan, tabuların sağladığı emniyetle yıkılmadan kalan dinlere bakınca, varsayımlarıma en az onlar kadar şans tanıyorum.

Gerçeğe dair birkaç söz söylemekte fayda var. Dine inanan ve saldırıya uğramayan herkes, "gerçeği" bulduğuna inanır. Bu durum yalnızca Hristiyanlar için değil, küçük ya da büyük tüm dini oluşumlar için geçerli. Tanrı ve meleklerle görüşmeye inanan teosofistler, din bilginleri ve filozoflar, yıllarca onlara öğretilenlerden sonra "gerçeği" bulduğunu düşünür. Elbette her dinin tarihi, bilge peygamberleri ve bilgin kişileri var. "Gerçeğin" ispatlanması, dinin tam ortasından başlar ve dalga dalga dışa doğru yayılır. Bunun sonucunda çocukluğumuzdan beri kabul ettiğimiz tek yönlü bir düşünce sistemiyle karşılaşırız. Böylece birçok nesil 'gerçeği' bildiğini sanarak yaşayıp gider.

Biraz tevazu göstererek şöyle söylüyorum: Gerçeğe sahip olamayız, ona ancak inanabiliriz. Gerçeği arayan kişi onu kendi dininin kalkanı altında ya da sınırları içinde bulamaz. Üstelik hayatın amacı nedir ki? Gerçeğe inanmak mı, yoksa onu aramak mı?

Tevrat'ta yazılanların Mezopotamya'da yapılan kazılarla ispatlandığını düşünelim. Bu durum bile dini açıdan bir kanıt sayılmaz. Eski şehirler, köyler, sanat eserleri ve kalıntılar, o bölgede insanların hayat sürdüğünü ispatlar ama Tanrı'nın (uzay yolcusunun değil) tek olduğunu kanıtlamaz.

Bugün dünyanın dört bir yanında yapılan kazılar, gerçeklerin gelenekleri desteklediğini ortaya koyuyor. Ama bir Hristiyan, Peru'daki kazılarda ortaya çıkan İnka öncesi tanrıyı kabul eder mi? Kısacası, mitolojiler ve gerçek deneyimler insanlık tarihini oluşturur ve bundan öteye gidemez. Yine de böylesi, hiç yoktan iyidir.

Özetle, gerçeği arayanlar, sırf düşünce şemasına ya da inancına uymuyor diye, yeni ve cesur yaklaşımları reddetmemeli. Yüzyıl önce uzay yolculuğu diye bir şey söz konusu değildi. Bu durumda babalarımız ve büyükbabalarımızın, atalarının uzaydan geldiğini düşünmesi olanaksızdı. Biraz ürkütücü bir hayal olsa da, bir an için çıkacak bir hidrojen bombası savaşının günümüz uygarlığını tamamen yok ettiğini düşünelim. Beş bin yıl sonra, arkeologlar Özgürlük Anıtı'ndan parçalar bulabilir. Günümüz düşünce sistemiyle olaya yaklaştıklarında, bulgularını bilinmeyen bir tanrıya, görecekleri meşale parçası yüzünden, belki de bir ateş tanrısı ya da heykelin başındaki ışık biçimindeki uzantılar sebebiyle, Güneş Tanrısı'na bağlayabilirler. Anıtın basit bir şeyi temsil ettiğini, özgürlüğü simgelediğini belki de hiç düşünmezler.

Geçmişin dogmalarıyla geleceğin yollarını tıkamak bu saatten sonra biraz zor.

Eğer canla başla gerçeğin peşine düşeceksek, önce bütün cesaretimizi toplayıp şu ana dek takip ettiğimiz düşünce izleklerinden uzaklaşmalı ve ilk adım olarak önceden doğru kabul ettiğimiz her şeye şüpheyle yaklaşmalıyız. Sırf saçma bulduğumuz için yeni düşüncelere kulak tıkamaya hakkımız var mı?

Altı üstü elli yıl önce de aya çıkma fikri herkese saçma gelmiyor muydu?

ALTINCI BÖLÜM

ANTİK DÜŞ GÜCÜ VE EFSANELER Mİ, ANTİK GERÇEKLER Mİ?

Son çalışmalarıma göre, geçmişte varolan bazı şeylerin bugünkü düşünce tarzına göre varolmaması gerektiğini düşünüyorum. Ancak geçmişten günümüze gelen olağanüstü şeyler bitmiyor.

Neden? Çünkü Eskimo mitolojisinde de ilk kabilelerin kuzeye pirinç kanatlarla getirildiği anlatılıyor. En eski Kızılderili efsanelerinde, onları ateş ve meyveyle bir şimşek kuşunun tanıştırdığı söyleniyor. Son olarak, Maya efsanesi Popol Vuh'ta tanrıların her şeyi, evreni, pusuladaki dört yönü ve dünyanın yuvarlaklığını bildiğinden bahsediliyor.

Eskimolar'ın söz ettiği metal kuşlar nedir? Neden Kızılderililer şimşek kuşundan bahsediyor? Mayalar'ın ataları dünyanın yuvarlak olduğunu nasıl biliyordu?

Mayalar çok zeki insanlardı ve gelişmiş bir kültürleri vardı. Bize yalnız o olağanüstü takvimi bırakmakla kalmamış, aynı zamanda pek çok inanılmaz hesaba da imzalarını atmıştı. Bir Venüs yılının 584 gün olduğunu ve dünya yılının 365,2420 gün olduğunu hesaplamışlardı. (Günümüzde yapılan en yaklaşık tahmin de 365,2420'dir!) Mayaların bıraktığı hesaplar 64 milyon yıl sonrasını öngörebilmiş, hatta bazı yazıtlardaki rakamlar 400 milyon yıl sonrası için geçerli olmuştu. Meşhur Venüs formülü ancak elektronik bilgisayarlarla hesaplanabilirken, bir grup orman insanı tarafından bulunması şaşırtıcı değil mi? Mayaların formülü aşağıdaki gibi ilerliyor:

Bir Tzolkin yılı 260, dünya yılı 365 ve Venüs yılı 584 gün olarak hesaplanıyor. Bu veriler, ilginç bir hesaplamaya karşılık geliyor. Şöyle ki 365 73'e bölününce 5, 584 73'e bölününce ise 8 çıkıyor.

(Ay)	20 x 13 x 2 x 73 = 260 x 2 x 73 = 37.960
(Güneş)	8 x 13 x 5 x 73 = 104 x 5 x 73 = 37.960
(Venüs)	5 x 13 x 8 x 73 = 65 x 8 x 73 = 37.960

Başka bir deyişle, tüm devirler 37,960 gün sonra birleşiyor. Maya mitolojisine göre, o tarihte tanrılar, büyük dinlenme yerine gelecektir.

İnka öncesi insanların dini efsanelerinde, yıldızlarda birilerinin yaşadığından ve 'tanrıların' Pleiadas takımyıldızından geldiğinden bahsediliyordu. Sümer, Asur, Babil ve Mısır'a ait yazılı tabletler de bize aynı resmi çiziyordu: Yıldızlardan gelen ve oraya geri dönen 'tanrılar'. Hepsi, gökyüzünde ateşli arabalar ya da gemilerle yol alıyordu. Ellerinde ölümcül silahları vardı ve bazı kişilere ölümsüzlüğü vaat ettiler.

İlkel insanların tanrıyı gökyüzünde aramaları ve bu anlaşılmayan görüntüleri tasvir ederken sınırsız düşgücünden faydalanmaları gayet doğaldı. Bu bağlamda, efsanelerin abartılarak anlatıldığı düşünülebilir. Ama böylesi, garip durumları açıklamaya yetmez.

Örneğin, Mahabharata'nın yazarı, ülkeyi on iki yıllık kuraklıkla cezalandıracak bir silahın varlığından nasıl haberdar olmuştu? Bu silahın, doğmamış çocukları anne karnındayken öldürebilecek güçte olduğunu nereden biliyordu? Bu Antik Hint efsanesi Mahabharata, Tevrat'tan daha anlaşılabilir ifadelerle, tahminen 5000 yıl önce yazılmıştı. Bu efsaneyi günümüz bilgileri ışığında okumak fayda sağlayabilir.

Ramayana'da, Vimanalar'ın, yani uçan makinelerin civa ve kuvvetli rüzgar yardımıyla çok yükseklere uçtuğunu söylersem şaşırmazsınız herhalde. Vimanalar uzak mesafelere gidebiliyor, ileri, yukarı ve aşağı hareket edebiliyordu. Geniş manevralar yapabilen uzay araçları! Aşağıdaki alıntı, N.Dutt'ın 1891'de yaptığı çeviriye ait:

"Rama'nın emriyle, görkemli savaş arabası, kulakları sağır eden bir gürültüyle bulut dağına yükseldi..."

* * *

Yine uçan bir nesneden bahsedildiği dikkatimizden kaçmıyor. Ama burada anlatıcı, sağır edici bir gürültüden de söz ediyor. Mahabharata'dan bir bölüm daha:

"Bhima, Vimanası'yla güneş gibi parlak bir ışının üzerinden uçuyor, gök gürültüsüne benzer sesler çıkarıyordu." (C. Royf 1889).

Düş gücü tek başına bunu yazmaya yetmez. Mahabharata'nın yazarı, yalnızca varsayımlar üzerine, bir roketin ışının üzerinde uçtuğunu ve gök gürültüsüne benzer sesler çıkardığını nasıl bilebilir?

Samsaptakabadha'da savaş arabaları, uçan ve uçmayan diye ikiye ayrılıyor. Mahabharata'nın ilk kitabında Kunti adlı evlenmemiş bir kadına Güneş Tanrısı'nın yaptığı ziyaretler ve çiftin güneş gibi parlak bir oğul sahibi oluşu konu ediliyor. Kunti -o günlerde bile- toplum baskısından korkuyor ve çocuğu küçük bir sepete koyarak nehre salıyor. Suta Kastı'ndan saygıdeğer bir kişi olan Adhirata, çocuğu suda buluyor ve yetiştiriyor.

Musa'nın öyküsüne benzemese, esamesi bile okunmayacak bir hikaye! Üstelik, insanlar ve tanrıların çiftleşmesine dair başka hikayeler de var. Tıpkı Gılgamış Destanı'ndaki gibi Mahabharata'nın kahramanı Aryuna da tanrıları bulmak için uzun bir yolculuğa çıkıyor ve onlardan silah istiyor. Aryuna pek çok zorluğu aşıp Gök Tanrısı Indra'ya ulaşınca, karısı Sachi'yi ve özel bir izleyici kitlesini onun yanında buluyor. Ve bu buluşma herhangi bir yerde değil, gökyüzünde uçan savaş arabasında gerçekleşiyor. Tanrılar, Indra'ya gökyüzünü gezdirmeyi teklif ediyor.

Mahabharata'da yazılanların çoğu, olaylara görgü şahitliği yapıldığı yönünde işaretler taşıyor. Bir bölümde, bedenlerinde metal taşıyan tüm savaşçıları öldüren bir silahtan söz ediliyor. Savaşçılar, silahın etkilerini doğru zamanda öğrenirse, üzerindeki tüm metal aparatları çıkarıp hemen ırmağa girer ve silahın temas ettiği her şeyi yıkarlar. Yazara göre, bu mantıklı bir hareket çünkü aksi durumda silah, insanların saçlarını ve tırnaklarını döküyor. Yazar, böyle bir durumda yaşayan her şeyin renginin solduğunu ve zayıfladığını anlatıyor.

Sekizinci kitapta Indra, tanrısal jetiyle yeniden karşımıza çıkıyor. Yudhisthira, tüm ölümlüler içinde, gökyüzüne çıkma izni verilen tek kişidir. Bu hikaye de Enok ve Eliyah'ın öyküsüyle benzerlikler taşıyor.

Aynı kitapta, belki de Hidrojen bombasının atılması, ilk kez kayıtlara geçmişti. Gurkha, dev Vimana'sıyla uçarken, üç katlı şehre bir roket bırakıyor. Yazar burada kullandığı ifadelerle bize Bikini'deki hidrojen bombasının görgü tanıklarının ifadelerini hatırlatıyor: *Güneşin bin katı parlaklıkta, beyaz-sıcak bir duman, sonsuz bir ışıkla yükseldi ve şehri küle çevirdi.* Gurkha yere indiğinde, aracı, parlayan bir antimon bloğuna benziyordu. Burada felsefeyi ilgilendiren bir ifadeyi de hatırlatmak isterim. Mahabharata, "Zaman, evrenin tohumudur," diyordu.

Tibet kitapları Tantyua ve Kantyua da, tarih öncesi uçan makinelerden söz ederken, bunları 'gökyüzündeki inciler' olarak tanımlıyor. İki kitap da bu bilginin gizliliğini ve topluma faydalı olmayacağını vurguluyor. Samarangana ve Sutradharaf'da, kuyruklarından ateş ve cıva püskürten uçan gemilerden bahseden bölümler bulunuyor.

Eski kitaplarda geçen 'ateş' sözü, bildiğimiz anlamda, yanan ateş anlamına gelmeyebilir. Çünkü elektrik ve manyetik etkilerle ortaya çıkan kırk tür ateş çeşidi vardır. Antik insanların ağır metallerden nasıl enerji elde edildiğini bildiğine inanmak güç. Öte yandan, eski Sanskrit metinlerini, basit mitlermiş gibi ciddiye almamak da imkansız. Eski kitaplardan yapılan alıntılar, insanların uçan tanrılar gördüklerini neredeyse kesinleştiriyor. Uzmanların maalesef hala kullanmaya devam ettikleri, "Varlığı kabul edilemez, bunlar çeviri hatasıdır, bunlar yazarların abartmasıdır," gibi cümlelerle hiçbir yere varamayız. Yeni çalışma kuramları bulup onları çağımızın teknolojik bilgilerine uygun verilerle desteklemeliyiz ki geçmişimizin üzerindeki sır perdesini aralayabilelim. Uzak geçmişteki uçan gemilerin açıklanabilmesi gibi, kullanılan silahların da açıklanması gerekiyor. İşte Mahabharata'dan bizi düşündürecek bir bölüm daha:

"Sanki tüm ögeler serbest bırakılmıştı. Güneş, tüm hızıyla dönüyordu. Silahın ısısıyla yanıp tutuşan dünya, kavruluyordu sanki. Filler sıcaktan korunmak için, telaşla koşturup sığınacak bir yerler arıyordu. Sular kaynıyor, hayvanlar telef oluyor, düşmanlar kurşuna dizilmiş gibi yere düşüyor, ağaçlar alevin kuvvetiyle orman yangınlarındaki gibi yere yığılıyordu. Fillerin koşturması korkunç gürültüler çıkarıyor, hepsi bir bir ölüp yere düşüyordu. Binlerce savaş arabası yanıp kül oldu. Sonra denizin üstüne büyük bir sessizlik çöktü. Rüzgarlar esti ve dünya parladı. Korkunç bir manzara ortaya çıktı. Düşenlerin cesetleri yüksek sıcaklıkta kavrulmuş, tanınmaz hale gelmişti. Bundan önce böyle bir silahı ne görmüş ne de işitmiştik." (C. Roy, Drona Parva 1889.)

Öykünün devamında, kaçıp kurtulanların bedenlerini, araçlarını ve silahlarını yıkadığından, çünkü her şeyin tanrıların soluğuyla zehirlendiğinden bahsediliyor. Peki Gılgamış Destanı'nda ne diyordu? "Yoksa seni göklerdeki canavarların zehirli soluğu mu öldürdü?"

Vatikan Müzesi Mısır Bölümü'nün eski müdürü Alberto Tulli, M.Ö. 1500'lerde yaşamış III. Tuthmosis'ten kalan bir yazı kalıntısı bulmuştu. Yazıda, gökten bir ateş topunun düştüğü ve kötü kokular yaydığı anlatılıyordu. Tuthmosis ve askerleri, ateş topu güneyde kayboluncaya dek onu izlemişti.

Söz ettiğimiz tüm metinler, çağımızdan binlerce yıl önce yazılmıştı. Yazarlar farklı ülkelerde yaşayan, değişik bölge ve kültürlere mensup insanlardı. O zamanlar özel mesajları dünyaya ileten haberciler yoktu ve kıtalararası yolculuklar, günlük, basit bir şey değildi. Buna rağmen, sayısız kaynaktan gelen ve dünyanın dört köşesinde anlatılan olaylar hep aynı yönü işaret ediyordu. Tüm bu yazarlar kafayı mı yemişti? Hepsi rüya mı görmüştü? Mahabharata'nın, Tevrat'ın, Gılgamış Destanı'nın, Eskimo destanlarının, Kızılderililer'in, İskandinavyalılar'ın, Tibetliler'in ve pek çok kaynağın söz ettiği uçan tanrılar, tuhaf araçlar ve tüm bunlarla ilişkili felaketler, temelsiz ve hayal ürünü olabilir miydi? Bütün dünyanın tesadüfen aynı şeyleri uydurması mümkün müydü? Metinlerin kaynağı, tarih öncesi yaşanmış olaylardan gelmiş olmalıydı. Gördükleri, metinlere yansımıştı. Yazarlar, hikayeleri tıpkı günümüzdeki gazeteciler gibi süsleyip abartmış olsa da olayların çekirdeğinde mutlaka bir gerçek yatıyordu. Farklı çağlarda, farklı coğrafyalarda onca insanın aynı yalanı uydurduğunu düşünemeyiz.

Durumu bir örnekle açıklayalım:

Afrika'da bir bölgeye ilk kez helikopter iniyor. Yerlilerin hiçbiri daha önce öyle bir araç görmemiş. Helikopter büyük bir gürültü patırtıyla iniyor ve içinden kasketli, kamuflajlı ve silahlı askerler çıkıyor. İlkel kıyafetleriyle oradan geçen bir vahşi, olayı görüyor, afallıyor ve gökten inen bilinmeyen tanrılar karşısında hayrete düşüyor. Bir süre sonra helikopter havalanıp gözden kayboluyor.

Vahşi, yalnız kalınca durumu anlamlandırmaya çalışıyor. O ana dek böyle bir manzarayla hiç karşılaşmayan yerlilere olayı anlatıyor: Tanrısal bir kuş, büyük bir gürültüyle gökten iniyor ve içinden beyaz giysili, silahlı adamlar çıkıyor. Böylece, mucizevi destan resmiyet kazanıyor ve nesilden nesile aktarılıyor. Elbette olay babadan oğla aktarılırken, kuş daha da büyüyor, içindeki yaratıklar daha da tuhaflaşıyor, güçleniyor ve korkunç bir hal alıyor. Olaya pek çok ekleme yapılıyor. Ancak bu durum, olayın gerçekliğini etkilemez. Bu görkemli destanın temelini, aracın yere inişi oluşturur. Evet, helikopter ormanda düzlük bir alana inmiş ve içinden pilotlar çıkmıştı. Elbette kabile, olayı mitolojisine katarken durumu abartır.

Bazı şeyleri uydurmak mümkün değildir. Eğer bu olaylar yalnızca birkaç antik eserde yer alsaydı, uzaylılar ve uzay gemilerinin peşine düşmezdim. Ama dünyanın dört bir yanından aynı hikayeler yükselince, gizli gerçekleri açıklama ihtiyacı hissettim.

"Adem oğlu, sen kulakları olan fakat sağır, gözleri olan fakat kör bir isyankarlar evinin ortasında yaşıyorsun." (Hezekiel xii, 2.)

Sümer tanrılarının belli yıldızlarla simgelendiğini biliyoruz. Tanrıların en yücesi Marduk, yani Mars adına, 800 talent ağırlığında saf altın bir heykel yapılmıştı. Heredot'un anlattığına göre, bu ağırlık 24.000 kiloya denk geliyor. Ninurta, yani Sirius, evrenin hakimiydi ve fanileri cezalandırırdı. Mars, Sirius ve Pleiades'e hitaben yazılmış tabletler de bulunuyordu. O zamanlar, Sümer şarkıları ve ağıtlarında insanlara gereksiz gelen silahlardan ve yarattığı etkilerden söz edilirdi. Mars için yazılan bir methiyede, onun ateş yağdırdığından ve düşmanlarını şimşek gibi çarparak öldürdüğünden bahsediliyordu. Inanna'nın göklerde dolaşırken parlak bir ışıkla düşmanların evini yakıp yıktığı söyleniyordu. Resimlerde çizilen hatta modellenen evler, yuvarlak, muazzam yapıları ve tek göz pencereleriyle atom sığınaklarına benziyordu. Arkeologlar, M.Ö. 3000 yılından itibaren yapılmış, ateşli arabaları, sürücülerini, güreşen sporcuları ve gemi adamlarını simgeleyen modeller bulmuştu. Sümerliler'in uygulamalı sanatlardaki ustalığı kanıtlanmıştı. Öyleyse neden Uruk ve Babil'de çıkarılan ustalıklı eserler yerine, kaba saba sığınakları modellemeyi seçmişlerdi? Bağdat'ın 160 km güneyindeki Nippur kasabası yakınlarında, bir Sümer kütüphanesinde 60000 kil tablet bulunmuştu. Artık, tufanı anlatan en eski belge, bir tablette altı sütun halinde yazılmış biçimde elimizde. Bu bölümde, tufan öncesi beş şehirden söz ediliyor. Eridu, Badtibira, Larak, Sitpar ve Şuruppak. Bunların ikisi henüz bulunamadı. Bu tabletlerin en eskisinde, Sümerli Nuh'un adı, Ziusudra olarak geçiyordu. Ziusudra, Şuruppak'ta yaşamış ve gemisini orada inşa etmişti. Elimizde artık tufandan bahseden ve Gılgamış Destanı'ndan daha eski metinler var. Ama belki de yeni çalışmalar sonucu, daha da eski metinlere ulaşabileceğiz.

Antik kültür mensubu insanlar, ölümsüzlük ve yeniden dünyaya gelme gibi konularda çok kafa patlatmıştı. Köleler ve hizmetçiler, efendilerinin mezarlarına gönül rızasıyla giriyordu. Shub-At mezarlarında yetmişe yakın iskelet, simetrik bir halde, yan yana bulunmuştu. Bu insanların, renkli kıyafetleri içinde, hiçbir acı hissetmeden, belki de zehir etkisiyle gelecek ölümü beklediğini düşünebiliriz. Sarsılmaz bir inançla, mezarda, efendileriyle beraber kendilerini bekleyen ölüme razı geldiler. Peki bu ilkel insanların zihnine, yeniden doğuş tohumlarını kim ekmişti?

Eski Mısır yazıları da kafa karıştırıcıydı. Nil'deki insanlar hakkında yazılan tabletler, gökleri gemilerle yaran yüce varlıklardan bahsediyordu. Güneş Tanrısı Ra için yazılan tablette şöyle deniyordu:

"Sen, yıldızların ve ayın altında dolaşırsın. Aten gemisini yerde ve gökte, Kuzey Kutbu'ndaki sönmeyen yıldızlarda yorulmadan sürersin."

Piramitlerden alınan bir ifade de şöyle:

"Sen, güneş gemisini milyonlarca yıl yönettin."

Eski Mısırlı matematikçilerin çok ileri olduğunu düşünsek de, milyonlarca yıldan, tanrılar ve yıldızlardan söz etmelerini beklemek tuhaf kaçar. Mahabharata ne diyordu? "Zaman, evrenin tohumudur!"

Memphis'te Tanrı Ptah, firavuna altı çarpı yüz bin yıllık egemenliğini kutlamasını emretmiş ve ona iki kalıp vermişti. Hatırlatmam gerekir ki Ptah, kalıpları parlayan, uçan bir araçla getirmiş ve sonra ufukta kaybolmuştu. Edfu'daki kapı ve tapınaklardaki kanatlı güneş ve sonsuzluk işaretlerini günümüzde de görmek mümkün. Dünyada en çok kanatlı resim bulunan yer Mısır'dır.

Ziyaret edenler, Asuan'daki meşhur Fil Adası'nı bilir. En eski metinlerde bile adanın ismi aynıdır çünkü adanın biçimi file benzer. Ama eski Mısırlılar bunu nereden bilebilir? Adanın genelini izleyecek kadar büyük bir yükseklik yoktu ki.

Edfu'da bir yapı üstünde yeni keşfedilen bir yazıda, yapının doğaüstü bir kaynağa ait olduğu ifade ediliyordu. Bina planının Im-Hotep adlı tanrısal bir varlık tarafından yapıldığı belirtilmişti. Bu Im-Hotep'in kim olduğuna gelirsek, şunları söyleyebiliriz. Gizemli ve akıllı biri, hatta o zamanın Einstein'ıydı diyebiliriz. Bir koltukta birçok karpuz taşırdı. Rahip, yazar, doktor, mimar ve filozoftu. Im-Hotep'in döneminde halkın kullanımına izin verilen materyaller yalnızca tahta ve bakırdı ama bunlarla büyük granit blokları kesmek olanaksızdı. Ancak Im-Hotep adlı dahi, firavunu Zoser için, basamaklı Sakkara piramidini yapmıştı. 65 metre yükseklikteki bu eserdeki ustalığa, daha sonra hiçbir Mısırlı sanatçı erişememişti. Im-Hotep, çevresi 10 metre yüksekliğinde ve 585 metre uzunluğunda duvarlarla çevrili piramide 'Sonsuzluk Evi' adını vermişti. Tanrılar dönünce onu uyandırsın diye buraya gömülmüştü.

Piramitlerin, bazı yıldızların konumuna göre yapıldığını biliyoruz. Ama Mısır astronomisine dair delillerimiz bu kadar kıtken, bu bilgi bizi sıkıntıya sokmuyor mu? Sirius, Mısırlılar'ın merak ettiği yıldızlardan biriydi. Ancak bu merak, insanın zihninde soru işaretleri bırakıyor. Çünkü Sirius, Memphis'ten bile, ancak şafak sökerken, Nil Nehri'nin yükselmesiyle gözlemlenebilirdi. Üstelik Mısırlılar, Nil'in taşmasını tamı tamına hesaplayacak kesin bir takvimi 4221 yıl önce yapmıştı! Bu takvim, Sirius'un yükselişini baz alıyordu ve 32000 yıllık devirleri hesaplayabiliyordu.

Elbette eski astronomların, güneş, ay ve yıldızları aynı hizaya gelene kadar, 365 gün boyunca gözlemleme şansı vardı. Ancak daha kesin sonuçlar verebileceği halde, ay ve güneş yerine, neden Sirius'u kullanmışlardı? Takvim, varsayımlar üzerine kurulmuş bir sistemdir diyebiliriz. Çünkü yıldızın ortaya çıkış tarihini bildirmesi imkansızdı. Sirius'un Nil taştığı zaman şafak vakti görünmesi tesadüften başka bir şey olamaz, çünkü

Nil her sene taşmaz, yükseldiği günler birbirinden farklı olurdu. O halde neden Sirius takvimi? Yoksa bu eski bir gelenek miydi? Rahiplerce korunan bir metin ya da vaat mi vardı?

Firavun Udimu'ya ait olduğu düşünülen bir mezarda, altın bir kolye ve bilinmeyen bir hayvan iskeleti bulunmuştu. Bu hayvan nereden gelmişti? Mısırlılar'ın daha ilk kuşaktan ondalık sayıları kullanmasının sırrı neydi? Böyle gelişmiş bir uygarlık, o kadar erken dönemlerde nasıl ortaya çıkabilmişti? Mısır kültürünün başlangıcından kalma bakır ve bronz eşyaların kaynağı neydi? Onlara olağanüstü matematik bilgisini ve hazır metinleri kim vermişti?

Zihnimizde sayısız soru işaretleri bırakan anıtlardan bahsetmeden önce, birkaç eski metine daha göz atalım.

Binbir Gece Masalları'nın yazarları, bunca çeşitli konuyu nereden bulmuşlardı? Sahibi istediğinde lambadan çıkan bir büyücü fikri kimden çıkmıştı?

Ali Baba ve Kırk Haramiler'in meşhur cümlesi "Açıl Susam Açıl", hangi cesur hayal gücünün ürünüydü?

Elbette böyle fikirler bizi artık şaşırtmıyor. Ne de olsa televizyonun düğmesine basar basmaz karşımıza konuşan resimler çıkıyor. Pek çok büyük binanın sensörlü kapıları, bizi algılayıp açılıyor. Ancak eski hikaye yazarlarının düş gücü öyle geniş ki günümüzün bilim kurgu filmleri bile onların anlattığı öykülerin yanında solda sıfır kalır. Öyleyse, bu insanların gördüğü, bildiği ya da yaşadığı bazı şeyler, düş gücünü kamçılamış olmalı!

Tarihçi Sturluson, İskandinav ve eski Alman destanlarını 1200 (M.S.) yılında yazıya dökmüş olsa da biz onların çok önceden yazıldığını biliyoruz. Bu metinlerde dünyanın simgesi disk ya da toptur. Tanrıların lideri Thor, elinde bir çekiçle yok ediciliği simgeliyor. Profesor Kühn, çekicin taş anlamına geldiğini, maddenin taş devrine kadar uzandığını, sonra da gelişmeler sonucu bronz ve demir çekiçlere dönüştüğünü savunuyor. Buradan çıkacak sonuca göre, Thor ve çekiç simgesi çok eskilere, belki de taş devrine dayanıyor. Thor sözünün Sanskrit destanlarındaki karşılığı, 'göğü gürleten' anlamındaki 'tanayitnu'dur. Kuzeylilerin en büyük Tanrısı Thor, Alman *Wanen*'in de en büyük tanrısı olur ve göğe tehlike salar.

Geçmişin araştırılmasına ışık tutabilecek bu iddiaları ortaya atarken, antik metinlerde gökyüzüne dair tüm cümlelerin toplanıp uzay yolculuğuna işaret ettiğini söylemek, itirazlar doğurabilir. Ama benim amacım bu değil; günümüz çalışmalarında ve varsayımlarda değerlendirmeye alınmayan eski metinlerdeki önemli bölümleri tarihçilere sunmak. Yazarların, aktaranların ve çevirmenlerin, normalde hakkında hiçbir şey bilmemeleri gereken bilim ürünleri ve sonuçlarından bahsetmeleri, beni şaşırtıyor. Eğer bu olaylar günümüzde belli dini kalıplarla ilişkilendirilmemiş olsaydı, ben de çevirilerin yanlışlığına ve aktarımdaki hatalara inanabilirdim. Fakat, varsayımıyla bağdaşmayan bir şeyi reddedip onu destekleyeni kabul etmek, bilimsel araştırmacıya yakışmaz. Düşünsenize, bahsettiğim bölümler 'uzay' literatürüyle çevirilmiş olsaydı, varsayımım ne kadar kuvvetlenirdi!

Tezimize bir halka daha ekleyelim ve Lut Gölü yakınlarındaki vahiy ve dua metinlerinden birkaç örnek daha verelim.

İbrahim ve Musa'nın Vahiy kitaplarında, Tanrı'nın ateş saçan arabalarından sık sık bahsediliyor:

"Yaratığın arkasında ateşten tekerlekleri olan, etrafı gözlerle dolu bir araba gördüm. Tekerleklerin üstünde alevler saçan bir taht duruyordu." (İbrahim, Vahiy Kitabı xviii, 11/12)

Profesör Sholem'e göre Musevi metinlerinde söz edilen taht ve araba, Hellenistik ve ilk Hristiyan anlatılarında rastlanan 'pleroma' (Işık bereketi) ifadesiyle paralellik gösteriyor. Saygın bir açıklama ama bilimsel açıdan kanıtlanmış olarak kabul görüyor mu? Bazı insanların, ateş saçan arabaları sürekli gördüğünü kabul edersek, sonuç ne olacak? Kumran yazıtlarında sık sık kullanılan gizli bir yazı biçimi vardı. Dördüncü mağara ve dökümanlarında da aynı astrolojik konuda hemfikir yazı biçimleri bulunuyordu. Astronomik bir gözlemin başlığı şöyleydi: "En aklıselim olanın, şafağın tüm oğullarına gönderdiği sözler."

Antik metinlerde gerçek ateş arabalarından bahsedildiği tezini çürütecek, ikna edici ve çarpıcı bir antitez geliştirildi mi? Elbette antik dönemdeki ateş saçan arabaların varlığını körü körüne reddeden budalaca iddia hariç! Böyle bir iddia, sorularımın üzerine düşünüp alternatif çözümlere gitmeye çalışanlar tarafından zaten dikkate alınmıyor. Hatırlatmak isterim, saygın bilim adamlarımız gökten meteor düşmeyeceğini, çünkü gökte taş bulunmadığını iddia ediyor. On dokuzuncu yüzyıl matematikçileri, bir trenin saatte 36 km'den daha hızlı gidemeyeceğini, o hızın üstüne çıkarsa havanın dışarı boşalacağını ve yolcuların boğulacağını öne sürüyordu. Yüz yıldan daha kısa bir süre önce, havadan ağır nesnelerin uçamayacağı (sözde) 'kanıtlanmıştı.'

Yakın zaman önce, ünlü bir gazetenin yazarı, Water S. Sullivan'ın *Evrenden Gelen Sinyaller* adlı kitabını bilim kurgu türüne dahil etmiş, zaman değişimi ya da astronotların dondurulma işlemi gerçekleşse bile, uzaydaki engellerin aşılamayacağını ve Epsilon-Eridani ya da Tau-Ceti'ye ulaşılamayacağını öne sürmüştü.

Geçmişte, çağdaş eleştiriye kulak asmayıp bildiğini okuyan öngörü sahibi kişilerin yaşaması ne kadar sevindirici. Onlar olmasaydı, bugün 220 km ya da üstü hız yapan trenler olmayacaktı. (36 km hız aşılırsa yolcular ölür!) Onlar olmasaydı, jet de olmayacaktı, çünkü o kafayla yapılan jetler mutlaka yere çakılırdı. (Havadan ağır nesneler uçamaz!) Onlar olmasaydı, aya giden roketler de olmayacaktı. (Çünkü, insan gezegenini terk edemez!) Bugün de yalnız öngörü sahipleri için geçerli o kadar çok şey var ki!

Bazı bilim adamları sözde gerçek denen şeye bağlı kalmaktan hoşlanır. Bugünkü gerçeklerin, dünkü öngörü sahibi insanların ütopik düşlerinin sonucu olduğunu unuturlar. Neslimizce çığır açtığı düşünülen gerçeklerin çoğu, sistemli araştırmaların değil, büyük tesadüflerin sonucudur. Bunların bazısı ise, cesur kurgularla, yasakçı önyargıları kırıp geçen 'ciddi öngörü sahibi' kişiler sayesinde ortaya çıktı. Örneğin, Heinrich Schliemann, Homer'in Odyssey'sini bir hikaye ya da masalın ötesinde gördü ve bu sayede Truva'yı keşfetti.

Geçmişimiz hakkında kesin yargılara ulaşabilmek için hala yeterince bilgiye sahip değiliz. Yeni bulgular, açıklanamamış pek çok sırrı çözebilir, antik anlatıların dikkatle okunması, büyük bir gerçeklik dünyasını alaşağı edebilir. Ama maalesef, günümüze gelen kitaplardan çok daha fazlası yok edildi. Güney Amerika'da, antik zamanlarda bulunduğu rivayet olunan ve bilgeliği anlatan bir kitap 63. İnka kralı Pachacuti tarafından yok edilmişti. İskenderiye kitaplığında, büyük bilgin Ptolemaios'a ait ve insanlığın tüm geleneklerinin yazıldığı 500.000 cildin bir kısmı Romalılar tarafından, kalanı ise yüzyıllar sonra Halife Ömer tarafından yok edilmişti. Paha biçilemeyen eserlerin, bir zamanlar İskenderiye'deki hamamları ısıtmak için kullanıldığını düşünmek korkunç, değil mi?

Peki, Kudüs'teki Tapınak Kütüphanesi'ne ne oldu? 200.000 kitaba ev sahipliği yapan Bergama Kütüphanesi'nin başına neler geldi? Çin imparatoru Chi-Huang, siyasi nedenlerle tonlarca tarihi, astronomik ve felsefi kitabın M.Ö. 214'de yok edilmesini emredince, hazine değerindeki hangi sırlar kül olup gitmişti? Yeni kanunları kabul eden Paul, Efes'te kaç metni yok etmişti? Dini fanatizmimiz yüzünden kim bilir kaç bilim dalına ait, kaç kitap ortadan kaybolmuştu? Kaç tane yeri doldurulamaz eser, Güney Amerika'da rahip ve misyonerlerin gözü dönmüşlüğüne kurban gitmişti?

Gelecek kuşaklara zaman kapsülleri içinde aydınlatıcı bilgi sunma düşüncesi, Westinghouse Electric firmasında çalışan bir grup mühendis tarafından ortaya atılmıştı. Anahtar kitaptaki şifreleri bulan ise John Harrington'dı. Bu adamlar deli mi? Hayalperest mi?

Bütün bunlar yüzlerce, binlerce yıl önce oldu. Peki bunca yakıp yıkmadan, bunca terörden insanlar ders çıkardı mı? Hiç sanmıyorum. Yakın tarihte Hitler şehir meydanlarında yüz binlerce kitabı ateşe verdi. 1966'da aynı şey, Mao devrimi sırasında da yapıldı. Çok şükür ki artık kitaplar eskiden olduğu gibi tek tek basılmıyor.

Yine de kalan kitaplar ve metinler, uzak geçmişten kayda değer bilgiler sağlayabiliyor. Tüm çağlarda, ulusların aklıselim ve bilge insanları, geleceğin savaşla, devrimle, kanla ve ateşle çizileceğini biliyordu. Bu bilgi, onların sırlarıyla geleneklerini devasa binalara ve sığınaklara saklayarak emniyete almasını sağlayamaz mıydı? Bilgi ve kayıtları kodlayarak gelecekte de ulaşabilmek için piramitlere, tapınaklara ya da anıtlara 'gizlemiş' olamazlar mıydı? Bu düşünceyi mutlaka kurcalamalıyız, çünkü günümüzün öngörü sahibi çağdaşları, şu an aynı şeyi yapmaktadır.

1965'de New York'a, dünyada meydana gelebilecek en büyük felakete karşı 5000 yıl dayanabilecek şekilde yapılmış iki kapsül gömüldü. Kapsüllerde, geleceğe aktarmak isteyeceğimiz ve önümüzdeki nesillerin, atalarının yaşamı hakkında açıklamalar bulabileceği bilgiler vardı. Kapsüller, çelikten bile dayanıklı bir metalden yapılmış, atom patlamalarına bile dirençli biçimde hazırlanmıştı. Kapsüllerde, 'günlük haberlerin' yanı sıra, şehirlerin, gemilerin, otomobillerin, uçakların, roketlerin resimleri, metal ve plastik eşya örnekleri, elbiseler, günlük ev aletleri, madeni paralar, tuvalet malzemeleri, matematik, fizik, tıp, biyoloji, astronomi ile ilgili kitapların mikrofilmleri de bulunuyordu. Geleceğin bilinmeyen nesilleri için yapılan bu hizmet, bununla bitmiyordu. Kapsüller, geleceğin dillerine çevrilmesi için, yazılı örnekleri açıklayan bir çeşit kullanım kılavuzu da içeriyordu.

Bu kapsülleri geleceğe takdim etmek, Westinghouse Electric'ten bir grup mühendisin fikriydi. Meçhul yeni kuşaklar için dahi şifre çözücü sistemi, John Harrington geliştirmişti. Delilik mi? Yoksa öngörü mü? Ben böyle bir projeyi faydalı ve rahatlatıcı buldum. 5000 yıl öncesini bilmeyi hayal etmek çok güzel. Yine de uzak gelecekteki arkeologların karşılaşacakları sorunlar, bugünkünden farklı olmayacak. Bir atom savaşı sonucunda, dünya kütüphaneleri kullanılmaz hale gelecek, göğsümüzü kabartan başarılar beş para etmeyecek. Çünkü hepsi yok edilecek, ortadan kaldırılacak. New Yorklu mühendislerin yaratıcı fikrini yok etmek için bir atom savaşının patlak vermesine de gerek yok aslında. Dünyanın eksenindeki bir iki derecelik kaymada bile kutuplar eriyebilir ve uçsuz bucaksız bir alanda, yazılı her harfi yutabilir. Şu halde, eski bilgelerin, New Yorklu dahiler gibi bir girişimde bulunmadıklarını kim iddia edebilir?

Atom ya da hidrojen bombası savaşlarında, silahlar Zulu köylerine ve zararsız Eskimolar'a değil, uygarlık merkezlerine doğrultulacak. Başka bir deyişle, radyoaktif kaos ilerlemiş ve gelişmiş toplumları hedef alacak. Geriye, merkezlerden uzakta yaşayan vahşiler ve ilkel insanlar kalacak. Ancak hiçbir zaman içinde yaşamadıkları için, kültürümüzü kayda alamayacak ve onu gelecek nesillere aktaramayacaklar. İleri görüşlü ve vizyon sahibi kişilerin bir yeraltı kitaplığı yaratma çabası da geleceği aydınlatmaya yetmeyecek. Çünkü normal kütüphaneler yok olacak ve ilkel insanlar yeraltındaki gizli kütüphaneleri zaten bilmeyecekler. Tüm dünya radyoaktif etkiyle yanıp kül olacağından her yer çölleşecek ve uzun nesiller boyunca bitki yetişmeyecek. Kurtulanlar mutasyona uğrayacak ve 2000 yıl sonra uygar şehirlerden eser kalmayacak. Doğa, sönük gücüyle yıkıntılar arasında kalacak, demir ve çelik paslanıp toza dönecek.

Ve her şey başa dönecek! İnsanoğlu, ikinci, hatta üçüncü kez maceraya atılacak. Eski medeniyet geleneklerinin ve metinlerin kapısı yüzüne kapandığı için, yeniden uygar bir yaratık olması için çok uzun zamana ihtiyaç duyacak.

Felaketten 5000 yıl sonra kazı yapan arkeologlar hiçbir bulguya rastlamadıkları için, yirminci yüzyıl insanının demirle tanışmadığını iddia edecekler.

Rusya topraklarında kilometrelerce uzayan tank tuzaklarına rastlayacak ve bunların astronomik çizgiler olduğunu savunacaklar. Eğer teyp ve kaset bulurlarsa, ne yapacaklarını şaşıracaklar ve hangilerinin çalınıp çalınmadığını ayırt edemeyecekler.

Yüzlerce metre yükseklikte şehirlerden bahseden metinlere burun kıvıracak, bu şehirlerin varlığına inanmadıkları için yazıları bir kenara atacaklar. Londra metrosunun tünellerinin bir geometrik merak sonucu yapıldığını ya da dahice planlanmış bir lağım şebekesi olduğunu düşünecekler. Bu sırada kıtadan kıtaya uçan dev kuşlardan ya da ardından olağanüstü alevler saçarak yol alan ve gökyüzünde kaybolan gemilerden söz eden kayıtlara da rastlayacaklar. Ama tüm bunlara 'mitoloji' denecek, çünkü dev kuşlar ve ateş çıkaran gemiler diye bir şey olamaz!

7000 yılının çevirmenleri de büyük zorluklara göğüs gerecek. Yirminci yüzyıldaki dünya savaşlarından bahseden metinleri nasıl açıklayacaklarını bilemeyecekler. Ama Marx ve Lenin'in konuşmaları ellerine geçince, bu anlaşılması güç çağın dinlerinden birine mensup iki papazı bulduklarına çok sevinecekler. Ne şans ama!

Yine de insanlar, yeterli ipuçları doğrultusunda pek çok şeye açıklık getirebilir. Beş bin yıl uzun bir süre, değil mi? Doğa, giydirme taş blokların 5000 yılı aşınmadan geçirmesine izin verirken, aynı özeni demir eşyalara göstermez. Kapris işte! Delhi'deki bir tapınak avlusunda 4000 yıldır hava koşullarına maruz kalan, ancak içinde sülfür ve fosfor bulunmadığı için paslanmayan demir bir sütun bulunduğundan bahsetmiştim. Belki de geçmişten gelen, bilinmeyen bir mesaj bize bakıyor. Belki de bu sütun, büyük binalar yapma imkanı bulunmayan ama gelecek nesillere kültürlerine dair somut bir kanıt bırakmak isteyen bir grup ileri görüşlü mühendis tarafından dikildi.

Alın size bir de ibretlik hikaye: Geçmişteki gelişmiş kültürlere ait bulduğumuz yapıları, günümüzün modern teknolojisiyle bile kopyalayamıyoruz. İşte, o taş bloklar orada duruyor, bunun lamı cimi yok. "Var olamaz", diyerek, bunlara 'mantıklı' açıklamalar getirmek için çılgınca çalışmalar yapılıyor. At gözlüklerimizi çıkarıp araştırmanın zamanı geldi de geçiyor, ey ahali!

YEDİNCİ BÖLÜM

ANTİK MUCİZELER Mİ, UZAY SEYAHAT DURAKLARI MI?

Baalbek Terası Şam'ın kuzeyinde yer alıyor. Teras 20 metre uzunluğunda ve 2000 ton ağırlığındaki taş blokların birleştirilmesiyle yapıldı. Şu ana dek arkeologlar bu yapının, inşa zamanı, sebebi ve mimarı hakkında tatmin edici bir açıklamada bulunamadılar. Ancak Rus Profesör Agrest, terasın dev bir havaalanının kalıntısı olabileceğini ileri sürüyor.

Antik Mısır kültürü araştırmacılarının verdikleri bilgiye göre, Antik Mısır uygarlığı, hiçbir değişim dönemi geçirmeden, hazır yapılmış bir biçimde meydana çıkmıştı. Büyük kentler, görkemli tapınaklar, üstün yetenek eseri dev yapılar, usta işçilikle yapılmış muazzam sokaklar, mükemmel lağım şebekeleri, olağanüstü piramitler ve daha pek çok şaheser, sanki bir anda yere kondurulmuştu. Bilinmeyen tarih öncesinde bir ülke için, bu hızlı gelişim büyük bir mucize elbet.

Tarıma uygun alanlar sadece Nil Deltası'nda, nehrin sağ ve sol tarafındaki küçük bölümlerde bulunuyor. Ama uzmanlara göre, Büyük Piramit'in yapıldığı zamanlarda, bölgede 50 milyon kişi yaşıyordu. (Bir başka iddiaya göre, M.Ö. 3000 yılında dünya nüfusu yalnızca 20 milyon kişiydi. Şu çelişkiye bakın hele!)

Bu kadar büyük tahminler yaparken, üçün beşin hesabına bakılmaz. Ancak bütün bu insanların kursağına bir şeyler girmeliydi. Çünkü eski Mısır'da yalnızca işçiler, mühendisler ve denizciler yaşamıyordu. Yüz binlerce köle, organize bir ordu, üstün bir rahipler sınıfı, sayısız tüccar, çiftçi ve memur da vardı. Ülkenin gelirleriyle lüks içinde yaşayan Firavun sarayını da unutmamak lazım. Bunca nüfusun karnı, Nil Deltası'ndaki kısıtlı tarım ürünleriyle doyabilir miydi?

Piramitler yapılırken, taşların kütükler üstünde yuvarlandığı söyleniyor. Ancak, kurak coğrafyadaki nadir gölge kaynağı olan ağaç gövdelerinden ve beslenmelerini sağlayan hurmadan vazgeçip ağaçları kütük yapmak için kullandıklarını düşünmek size mantıklı geliyor mu? Yine de piramitlerin yapılması için kütükten başka çıkar yol yoktu, daha doğrusu bunun teknik anlamda başka bir açıklaması olamazdı. Peki Mısırlılar kütük mü ithal ediyordu? Bunun için geniş bir taşımacılık filoları olmalıydı. Ayrıca kütüklerin İskenderiye'ye indirildikten sonra, Kahire'ye götürülebilmeleri için Nil Nehri'nden geçirilmeleri gerekiyordu. Büyük Piramit'in yapılması sırasında

Mısırlılar'da at ve at arabası olmadığına göre, ithalat olasılığını çürütüp atıyoruz. At ve araba on yedinci nesil döneminde, yani M.Ö. 1600'lerde kullanılmaya başlamıştı. Öyleyse taşlar nasıl transfer edilmiş olabilir? Bilginler bunları taşımak için kütük gerektiğini ısrarla vurguluyor.

Piramitlerin teknolojisiyle ilgili pek çok soru işaretine verilen sağlam bir cevap hala bulunmuyor.

Mısırlılar kaya mezarlarını nasıl oymuştu? Galerileri ve odaları hangi aletlerle kazmıştı? Mezar duvarları pürüzsüz ve kabartmalarla süslüydü. Kayalık toprağa inen sütunlara yapılmış usta bir işçilik isteyen merdivenler, mezar odalarına dek uzanıyordu. Günümüzde turistler bu olağanüstü yapıları hayranlıkla izliyor ama hiçbiri, kullanılan teknik hakkında tatmin edici bir bilgi alamıyor. Ama kesin olan bilgi şu: Mısırlılar en eski çağda bile tünel kazma işinin ustasıydı. En eski mezarlarda bile, yenilerin yapılış tekniği gözlemlenebilir. Altıncı sülaleden Tety'nin kaya mezarıyla, Birinci Krallık'tan l. Ramses'inki arasında hiçbir fark yoktur ama iki mezarın arasında en az 1000 yıllık bir süre vardı. Belli ki Mısırlılar, eski tekniklere pek fazla bir şey katmamıştı. İşin aslı, yeni mezarlar, eskilerin basit bir kopyasından ibaretti.

Wellington ya da Napoleon adındaki devenin üstünde (ismi milletine göre değişir), Kahire'nin batısındaki Keops Piramidi'ne yolu düşen bir turistin, esrarlı geçmişin kalıntıları karşısında karnında kelebekler uçuşmaya başlıyor. Turistin rehberi, Firavun mezarının burada yer aldığını söylüyor. Turist birkaç fotoğraf çektikten sonra, huşu içinde evinin yolunu tutuyor. Keops Piramidi yüzlerce çılgınca ve paradoksal fikre esin kaynağı olmuştu. Charles Piazzi Smith, 1864'te yayınladığı *Büyük Piramit'teki Mirasımız* adlı kitabında, piramitler ve dünyamız arasındaki tüyler ürperten bağlantılara işaret etmişti.

Kitapta eleştirel açıklamaların yanı sıra, bizi düşünmeye sevkedecek bazı gerçeklerden söz ediliyor.

Eski Mısırlılar'ın güneş dinini kabul ettiklerini biliyoruz. Güneş Tanrıları Ra, gemisiyle göklerde gezerdi. Eski krallığa ait piramit metinlerinde, firavunun tanrılar ve gemileri aracılığıyla göklerde gezintilere çıktığından söz edilirdi. Kısacası, Mısır kralları da uçuyordu!

Keops Piramidi'nin yüksekliğini bir milyarla çarparsak, 93 milyon çıkıyor. Bu da güneşle dünyamız arasındaki uzaklığı veriyor (93 milyon mil). Sizce bu bir rastlantı mı? Peki ya piramidin üstüne denk gelen meridyenlerin, denizi tam ortadan iki eşit parçaya bölmesine ne demeli? Taban alanı, yüksekliğinin iki katına bölündüğünde Pi sayısını (3,14159) elde etmemize ne buyurulur? Piramitte dünyanın ağırlığını veren değerlerin bulunması tesadüf mü? Piramitlerin yapıldığı kayalık alanların büyük bir titizlikle pürüzsüz hale getirilmesi nasıl açıklanabilir?

Keops Piramidi'ni kuran Firavun Kufu neden özellikle o kayalık teras bölgeyi seçmiş olabilir? Maalesef bunu açıklayacak tek bir ipucuna bile sahip değiliz. Belki kayada doğal bir yarık bulunduğunu ve dev yapı için elverişli olduğunu düşünebiliriz. Bir iddiaya göre de yapım aşamasını yazlık sarayından takip edebilmek için burayı tercih etmişti. Ancak bu iki fikir de akla yatmıyor. Firavun'un taşımayı kolaylaştırmak adına doğudaki taş ocaklarına yakın bir yer seçmesi gerekirdi. Ayrıca gece gündüz gürültünün eksik olmayacağı inşaat alanının dibinde oturması da beklenemezdi. Kitaplardaki açıklamalara verecek çok cevap var. Bu durumda, sorulabilecek mantıklı bir soru karşımıza çıkıyor. Bu işte tanrıların parmağı olabilir mi? Bu varsayımı makul bir biçimde açıklayabilirsek, insanlığın geçmişine dair kuramıma önemli bir kanıt daha eklemiş oluruz. Çünkü piramit yalnızca karaları ve denizleri ikiye ayırmakla kalmaz, aynı zamanda dünyanın ağırlık merkezinin tam ortasında yer alır. Şu ana dek bahsettiklerim tesadüf değilse, -ki buna inanması epey güç, piramidin yapıldığı bölgenin dünyanın biçimini, kara ve deniz dağılımını iyi bilen birileri tarafından seçildiğini düşünebiliriz. Bu bağlamda, Piri Reis'in haritalarını da hatırlamamız gerekir. Tüm bunlar ne tesadüftür ne de peri masalı.

Kayalık teras hangi güç, hangi makine ve teknik kaynak sayesinde düzeltilmişti? Kaya mezarları ne şartlar altında ve nasıl kazılmıştı? Aydınlanma nasıl sağlanmıştı? Piramitlerde de Firavunlar vadisindeki kaya mezarlarında da meşale gibi bir ışık kaynağı kullanılmamıştı. Duvarlarda ya da tavanlarda, is ya da isin silindiğini gösteren bir işaret bulunamamıştı. Taş bloklar ocaklardan hangi yolla, hangi aletle çıkarılmıştı? Pürüzsüz yüzeyler ve keskin kenarlar nasıl yaratılmıştı? Tonlarca ağırlıktaki bu kayalar nasıl taşınmış ve milimetrik bir hesapla nasıl birleştirilmişti? Elbette karşımıza seçmemiz için bir çuval dolusu açıklama çıkıyor: Eğimli düzlükler, üstünde taşların itildiği yollar, rampalar... Bir de doğal olarak yüz binlerce Mısırlı kölenin işçiliği: Fellahlar, mimarlar ve taş işçileri.

Ne yazık ki bu açıklamaların hepsi, iyi bir eleştiri karşısında çürümeye mahkum. Büyük Piramit, asla açıklanamayan esrarlı bir tekniğin somut kanıtı. Bugün, dünyanın tüm teknik imkanlarından faydalansa bile, hiçbir mühendis böyle bir yapı inşa etmeyi başaramaz.

2.600.000 dev blok, taş ocaklarından çıkarılmış, biçimlendirilmiş, taşınmış ve milimetrik hesaplarla birleştirilmişti. Ve içlerindeki duvarlar türlü renge boyanmıştı.

Piramidin yapıldığı alan, Firavun'un kaprisi sonucu seçilmişti.

Piramidin klasik boyutları, mimarın zihninde, birdenbire, tesadüfen belirmişti.

Birkaç yüz bin işçi, tanesi 12 ton ağırlığındaki blokları (var olmayan) kütükler üzerinde, (var olmayan) iplerle çekmişti.

Bütün bu işçiler (var olmayan) tahılla beslenmişti.

Firavun'un yazlık sarayının hemen yakınına kurduğu (var olmayan) kulübelerde uyumuşlardı.

İşçiler (var olmayan) hoparlörlerden yükselen nidalarla gaza gelip on iki ton ağırlığındaki taş blokları üst üste dizivermişti.

Ancak, gayretli işçilerimizin olağanüstü bir azimle günde on parçayı üst üste koyduğunu varsayarsak, iki buçuk milyon taş, 250000 gün, yani 664 yılda tamamlanmış olur. Halbuki piramidin 20-30 yılda bitirildiği iddia ediliyor. Elbette, tüm bunlara ilham veren ancak sonucunu göremeyen mızmız kralımızı da unutmamak lazım.

Elbette ciddiyetle öne sürülmüş bu fikirlere gülünç deyip geçemeyiz. Ancak piramidin yalnızca bir firavun mezarı olduğunu düşünmek akıl işi mi? Piramitteki astronomik ve matematiksel ifade ve işaretlere tesadüf demek saçma değil mi?

Günümüzde, Büyük Piramit'in fikir babası tartışmasız Firavun Kufu'dur. Neden? Çünkü tüm metinler ve tabletler onu işaret ediyor. Ancak bana göre piramidin bir insan ömrü süresinde bitirilmesi imkansız. Peki ya Kufu, şanını yürütmek için o yazı ve tabletleri önceden hazırlatıp oraya koyduysa? Geçmişte şöhret sağlamanın popüler yöntemlerinden biri de buydu. Örneğin bir diktatör, namı yürüsün diye aynı şeyi yapardı. Eğer bu durum da aynıysa, Kufu kartvizitini bırakmadan çok önce piramit yapılmış olmalıydı.

Oxford'daki Bodleian Kütüphanesi'nde bulunan bir belgede Kopt yazarı Mas-Udi, Büyük Piramidi Mısır kralı Surid'in yaptırdığını öne sürüyor. Ancak Surid Mısır'ı yönettiğinde daha tufan olmamıştı. Surid, rahiplerine bütün bilgeliklerini yazıp Büyük Piramit'e saklamalarını emretmişti. Demek ki Kopt geleneğine göre piramit, tufandan önce yapılmıştı.

Heredot, böyle bir varsayımı, ikinci tarih kitabında doğruluyor. Teb rahipleri ona 341 dev heykel göstermiş, her birinin 11340 yıllık Mısır nesli boyunca dikildiğini söylemişti. Her rahibin, hayatı boyunca kendi heykelini yaptırdığını biliyoruz. Heredot da Teb'de kaldığı süre içinde tanıştığı tüm rahiplerin, babadan oğla geçen bu geleneği ispatlamak için kendisine heykelleri gösterdiğini söylüyor. Üstelik rahipler, açıklamalarının doğru temellere dayandığını, çünkü nesiller boyunca olan bitenin yazılarak, bir sonraki kuşağa aktarıldığını vurgulamış, 341 heykelin 341 kuşağı simgelediğini, 341 kuşak önce ise insanlar ve tanrıların bir arada yaşadığını söylemişti. Anlattıklarına göre, o günden sonra hiçbir tanrı onlara insan biçiminde görünmemişti.

Mısır tarihinin 6500 yıl sürdüğü biliniyor. O halde rahipler, seyyah Heredot'a neden geçmişlerini 11.340 yıl olarak göstererek yalan söylemişti? Neden 341 nesildir tanrıların insanlar arasında yaşamadığından bahsetmişlerdi? Eski çağlarda tanrılar insanlarla yaşamış olmasaydı, söylediklerindeki önemli noktalar anlamsız kalmaz mıydı? Neden rahipler bir gezgine yalan söyleyecekti ki? Elbette anlattıkları uydurma değildi.

Büyük Piramit'in nasıl, neden ve ne zaman yapıldığına dair bilgimiz sıfıra yakın. 164 metre yüksekliğinde ve 31.200.000 kilogram ağırlığında yapay bir dağ, bir medeniyetin olağanüstü başarısı olarak karşımızda dururken, kimileri ona savurgan bir kralın mezarından başka bir anlam yükleyemiyor. Buna diyecek söz bulamıyorum.

Mumyalar da henüz tatmin edici bir açıklama bulamamış ve piramitler kadar kafa karıştıran bir başka konu olarak karşımızda dikiliyor. Onlar da geçmişin sis perdesinin ardından, sihirli bir sır saklarmışçasına bize bakıyor. Arkeolojik bulgulara göre, tarih öncesi insanlar, ölümden sonra yaşama, bedensel dönüşe inanıyor, bazı toplumlar da mumyalamayı biliyordu. Bu fikrin kabul görmesi için, dini kitaplardan bulunan bedensel dönüşüme ait birkaç cümleyle desteklenmesi yeterlidir elbette. İlkel insanlar, yalnızca ruhsal dönüşe inansaydı, cesetlerle böyle belalı bir işe bulaşmazdı. Ancak Mısır mezarlarında bulunan mumyaların hepsi bedensel dönüşe hazırdı.

Belgelerin ve somut kanıtların söyledikleri saçma olamaz! Mısır'daki çizimler ve destanlara göre, tanrılar, yıldızlardan geri gelecek ve korunmuş bedenleri yeni hayata uyandıracaktı. Mezar odalarından çıkan mumyalanmış bedenlerin kusursuzluğu ve başka bir hayata ulaşma arzusunun sebebi de buydu. Yoksa bir cesedin, para, mücevher ve sevdiği eşyalarla ne işi olabilirdi? Ayrıca ölünün yanına sorgusuz sualsiz diri diri gömülen hizmetçiler de eski hayatın devamı olarak yeni bir yaşama hazırlık yapıldığının kanıtıydı. Mezarlar, son derece sağlam ve güçlü, neredeyse atom patlamasına bile dayanacak şekilde yapılmıştı. İçlerine konan altın gibi değerli taşlar, neredeyse yok edilemeyecek sağlamlıktaydı. Ancak, benim ilgimi çeken, mumyalama işleminin sonradan istismar edilmesi değil. Bu noktada tek bir soru beni ilgilendiyor: Bedensel dönüşü, bu ilkel insanların kafasına kim soktu? Cesedin binlerce yıl sonra diriltilebilmesi için, hücrelerinin emniyetli bir yerde korunması gerektiğini kim söyledi?

Bu gizemli duruma günümüze dek, yalnızca dini açıdan yaklaşıldı. Ancak 'tanrıların' törelerini ve yaşam tarzlarını herkesten iyi bilen Firavun, o çağ için çılgınca gelen bazı şeyleri de gayet iyi biliyordu. "Kendime binlerce yıl sağlam kalacak ve çok uzaklardan görülebilecek bir mezar yaptırmalıyım. Tanrılar geri dönüp beni uyandıracaklarını vaat etti. (Ya da belki uzak gelecekteki doktorlar, beni sağlığıma kavuşturacak bir yol bulur.)"

Uzay neslinin bireyleri olarak bu sözler hakkında ne diyebiliriz?

Fizikçi ve gök bilimci Robert C. W. Ettinger, 1965 yılında yayınladığı *Ölümsüzlük Umudu* adlı eserinde, insan bedenindeki hücrelerin tıbbi ve biyolojik olarak birkaç milyar kere yavaşlatılabileceği, bir çeşit donma yönteminden bahsediyor. Bu fikir günümüzde imkansız görünse de dünyadaki büyük tıp merkezlerinde, gerektiğinde kullanılmak üzere çıkarılmak için, insan kemiklerinin dondurularak saklandığı kemik bankaları bulunuyor. Ayrıca dünyanın pek çok yerinde taze kan -196°C'de muhafaza edilebiliyor. Canlı hücreler ise sıvı hidrojen ısısında sonsuza dek saklanabiliyor. Peki Firavun, yakın gelecekte uygulanacak bu işlemlerden haberdar mıydı?

Birazdan bahsedeceğim olağanüstü bilimsel araştırma sonuçlarını tam olarak kavrayabilmek için bu cümleleri iki kez okumalısınız. 1963'ün mart ayında Oklahoma Üniversitesi biyoloji uzmanları, Mısır Prensesi Mene'nin deri hücrelerinin yaşadığını duyurmuştu. Prenses öleli ise binlerce yıl olmuştu!

Bazı mumyalar o kadar kusursuzca korunmuştu ki onları canlı insandan ayırmak zordu. İnkalar'dan kalan buzul mumyalar ise, üzerinden geçen çağlara rağmen, teorik olarak yaşıyordu. Ütopik mi? 1965 yazında Rus televizyonları, bir haftalığına dondurulmuş iki köpek gösterdi. Hayvanlar, yedinci gün, eritilen buzdan çıkarıldı -inanılmaz ama gerçek- ve eskisi kadar neşeli bir biçimde hayatlarını sürdürdü.

Amerikalılar -bu bir sır değil- uzay planlarını kolaylaştırmak adına astronotları uzak gezegenlerde dondurmak üzerine hummalı çalışmalar yürütüyor.

Bugün düşünceleri yüzünden hakir görülen Profesör Ettinger, insanların fırınlarda yakılmaktan ve toprağın altında kurtlara yem olmaktan kurtulacağı uzak bir gelecek öngörüyor. Bu tasarıya göre, dondurulmuş cesetler mezarlığında, tıbbın ölümüne çare bulmasını bekleyen pek çok kişi, yeniden hayata döndürülebilir. Ancak böyle bir öngörünün gerçekleştirildiğini düşününce, aklıma her an hazır, savaş sırasında eritilerek cepheye sürülecek dondurulmuş bir ordu geliyor. Ne korkunç bir fikir!

Peki, mumyaların, geçmiş çağlardaki uzay yolcularımızla ne bağlantısı var? Bu kanıtları yok yere mi sıralıyorum? Asla.

Soruyorum: Eski insanlar, hücrelerin özel bir işlem sonucu milyar kez yavaşlayarak yaşamayı sürdürdüğünü nereden biliyordu?

Soruyorum: Ölümsüzlük fikri akıllarına nasıl gelmişti ve bedensel dönüş düşüncesini kimden öğrenmişti?

Eski insanların çoğu mumyalama işleminden haberdardı ve zengin insanlar bunu uyguluyordu. Ancak beni ilgilendiren bu bariz gerçek değil, uyanış ve yeniden hayata dönüş düşüncesinin kökeni. Bu düşünce, bir kralın ya da prensin aklına tesadüfen mi gelmişti? Yoksa akıllı bir Mısırlı, tanrıları cesetlerin üzerinde çalışıp onları bombaya dayanıklı taş lahitlere gizlerken mi görmüştü? Ya da uzaylı tanrılar cesetlerin özel bir işlemden geçerek bir süre sonra diriltilebileceği bilgisini akıllı bir prense mi aktarmıştı?

Bu tahminler, çağdaş kaynaklar tarafından doğrulanmalı. Birkaç yüzyıl sonra insanlık, uzay yolculukları konusunda şimdiden öngöremediği bir tecrübe kazanmış olacak. Seyahat acenteleri broşürlerinde, gidiş dönüş tarihleri belirli uzay gezilerine yer verecek. Elbette bu başarının sağlanması için, bütün bilim dalları, uzay yolculuğundaki gelişmelerle kafa kafaya gitmeli. Fakat elektronik ve sibernetik, tek başına bu gelişime yetmez. Tıp ve biyoloji insan ömrünü uzatmanın çarelerini arayarak bu oluşuma katkıda bulunmalı. Günümüzde uzay araştırmalarının bu ayağı da son hızda ilerliyor. Bu noktada kendi kendimize sormalıyız: geçmişte uzay yolcuları, bugün bulmaya çalıştıklarımızı biliyor muydu? Bilinmeyen zeki varlıklar, insan bedeninin binlerce yıl sonra diriltilmesi için gerekenleri keşfetmiş miydi? Belki de tanrılar kurnazlık etmiş ve o dönemin bilge kişilerinin, gösterdikleri yolla mumyalanmasını sağlamış olabilir. Böylece binlerce yıl sonra o tarihe tanıklık eden kişileri sorgulama imkanı elde edeceklerdi. Kim bilir? Böyle bir sorgulamanın çoktan yapılmadığı ne malum?

Önemli bir iş olan mumyalama, bir süre sonra o günün modası haline gelmişti. Birdenbire herkes dirilme arzusuyla, atalarının yaptıklarını yaparak hayata dönme furyasını başlattı. Yeniden doğuş konusunda uzman yüksek rahipler ise bu meraklılar takımından sağlanacak kazancı görünce, herkesi teşvik etmenin derdine düşmüştü.

Kutsal kitaplardaki figürlerin ve Sümer krallarının imkansız yaşlarına daha önce de değinmiştim. Bu insanların, ışık hızına yaklaşan uzay araçlarındaki zaman değişimi sayesinde hayatları uzamış uzaylı varlıklar olabileceğini öne sürmüştüm.

Metinlerde geçen bu kişilerin, mumyalandıklarını ya da dondurulduklarını düşünerek, olağanüstü yaşları hakkında ipucu edinemez miyiz? Bu varsayımdan hareketle, aynı varlıkların geçmişteki liderleri dondurarak (ya da efsanelerdeki gibi derin bir uykuya dalmalarını sağlayarak) ve geri döndüklerinde canlandırarak sorguya çektiklerini düşünemez miyiz? Bu liderin yeniden mumyalanma ve tanrılar dönene dek dev tapınaklarda korunmalarını sağlayacak muhafızlık görevi, rahipler sınıfına aitti.

İmkansız mı? Yoksa komik mi? En aptalca itirazları yapanlar, genellikle doğa yasalarına bağımlı kişilerdir. Halbuki hibernasyon (kış uykusu) ve yeniden uyanışın en güzel örnekleri, doğanın kendisi tarafından verilmez mi?

Tamamen donduktan sonra ılık bir ortamda çözülen ve yüzmeye devam eden balık türleri vardır. Çiçekler, larvalar ve kurtlar kışın hibernasyona uğrayıp baharda sevimli giysileriyle yeniden ortaya çıkar.

Şimdi şeytanın avukatlığını yapalım. Mısırlılar mumyalamayı doğadan öğrenmiş olamaz mıydı? Eğer böyle olsaydı, kelebeklere ya da mayıs böceklerine tapınmaları gerekirdi. Halbuki böyle bir şeyin izine rastlanmadı. Öte yandan, dev lahitler içinde, mumyalanmış hayvanlara rastlandığı bir gerçekti. Ama bu hayvanların şartları, hibernasyonu yani mumyalamayı öğretecek türden değildi.

Helwan'ın 9 kilometre ilerisinde birinci ve ikinci sülaleye ait, değişik boyutlarda 5000 kadar mezar yer alıyor. Bu mezarlara bakılırsa, mumyalama sanatı 6000 yıl önceden biliniyor ve uygulanıyordu.

1953 yılında Profesör Emery, Kuzey Sakkara'daki eski mezarlıkta birinci sülale firavunlarından birine (muhmetelen Vadyis'e) ait olduğu sanılan geniş bir mezar bulmuştu. Ana mezardan ayrı 72 mezar daha, üç sıra halinde dizili halde bulunmuştu. Bu mezarlarda yeni hayatında kralına hizmet etmek isteyen uşaklar vardı. 64 genç erkek ve 8 kadının bedenlerinde en ufak bir darp izine rastlanmadı. Kısacası bu 72 insan, çevrelerine duvar örülerek öldürülmeye razı gelmişti. Ama neden?

Bu olayın en basit ve makul açıklaması, onların da ikinci bir hayata inanmalarıydı. Firavun'un yanına altın ve değerli taşlar dışında, yemek, yağ ve baharat konması da bu inancın güçlü bir kanıtıydı. Antik Mısır'da mezarlar, hırsızlar ve sonraki Firavunlar tarafından açıldığında, konulan yiyeceklere dokunulmadığı gözlemlendi. Yani ölü onu ne yemiş ne de başka bir dünyaya götürmüştü. Bunun üzerine Firavunlar eski yiyecekleri yenisiyle değiştirerek mezarları kapatmış, olası hırsızlık olaylarına karşı tuzaklar kurulmuştu. Bütün bunlara bakılarak, Mısırlılar'ın uzak bir gelecekte dirilişe inandıkları kesin bir biçimde söylenebilir.

1954 yılının Haziran ayında, yine Sakkara'da, açılmamış bir mezar bulunmuştu. Lahit, sürmeli bir kapakla örtülüydü. Mezar odasındaki mücevherlere dokunulmamıştı. 9 Haziran'da Dr. Goneim, lahiti törenle açtı. Ama içi bomboştu! Hiçbir şey yoktu! Mumya, ardında mücevherleri bırakarak çürüyüp gitmiş olabilir miydi?

Rus bilim adamı Rodenko, Moğolistan sınırından 90 kilometre kadar uzakta Kurgan Vannah adlı mezarı bulmuştu. Mezar, kayalık bir tepe biçiminde, içi tahtayla kaplıydı. Tüm odaları buzla doluydu, bu sayede tüm içerik derin dondurucudaymış gibi korunmuştu. Odalardan birinde, mumyalanmış kadın ve erkek cesedi vardı. Öteki hayatta ihtiyaç duyacakları şeyler yanlarındaydı: Bir sürü yiyecek, elbiseler, mücevherler ve müzik aletleri. Buzlar sayesinde, çıplak mumyalar dahil, her şey kusursuzca muhafaza edilmişti. Araştırmacılar, başka bir odada geniş bir dikdörtgenle karşılaştı. Şeklin içinde altışar karelik dört sıra vardı ve her birinin ortası resimlerle süslenmişti. Şeklin tamamına bakılınca, Ninova'daki Asur Sarayı'nda bulunan taş oymaya çok benzediği görülüyordu. Karelerin ortasına çizilmiş resimlerde, kafalar, karışık boynuzlu, sırtı kanatlı yaratıklar gökyüzüne havalanıyordu.

Ancak, Moğolistan'daki bulguları ruhsal dirilişle açıklamak zor. Mezarlardaki dondurucu bölümler -tahta duvarlar ve buz dolu odalardan bahsediyorum- ruhun ve dünyanın ötesini simgeliyor. Bu kadar detaylı biçimde yapılan hazırlıklar, bize başka amaçları çağrıştırmalı. Eski insanlar, bu şekilde hazırlanan cesetlerin bir gün dirilme ihtimali olabileceğini nereden biliyordu?

Çin'de Wu Chan köyünde, 15x13 boyutlarında dikdörtgen bir mezarda, 17 erkek ve 24 kadın iskeletine rastlanmıştı. Buradaki iskeletler üzerinde de herhangi bir darp izi yoktu. And Dağları'nda buzul mezarları, Sibirya'da buz mezarları, Çin, Mezopotamya ve Mısır'da toplu mezarların yanı sıra, bireyler için mezarlar bulunmuştu. Kuzey Avrupa'dan Güney Afrika'ya dek çeşitli bölgelerde mumyalara rastlanmıştı. Bütün ölülerin yanında, öteki yaşam için gereksinim duyacakları şeyler vardı. Mezarları, binlerce yıl sağlam kalacak biçimde inşa edilmişti.

Tüm bunlar tesadüf mü? Hepsi kişisel merak ya da kralların kaprisleri sonucu mu yapılmıştı? Yoksa yeniden dirilişin anlamı, henüz bilmediğimiz birtakım vaatler mi içermekteydi? Bu vaatler kimlere aitti?

Lut Gölü'nün kuzeydoğusunda yer alan Jericho adlı kasabadaki kazılarda 10.000 yıllık mezarlar ve 8.000 yıllık alçı büstler bulunmuştu. Bu da hayret vericiydi, çünkü bölge insanlarının çömlekçiliği bilmesi imkansızdı. Jericho'nun başka bölgelerindeyse tavanları kubbe biçiminde evlere rastlandı. Bu evlerin duvarları silindirik biçimdeydi.

Karbon izotopu ve yapılardaki organik katkılar sayesinde, bulguların 10.400 yıl öncesine ait olduğu saptandı. Bu tarih, Mısırlı rahiplerin Heredot'a aktardığı tarihle örtüşüyordu. Rahipler, atalarının 11.000 yıl boyunca görev yaptığını söylemişti. Bu da mı bir rastlantı?

Lussac'taki (Poitou, Fransa) tarih öncesi taşlar da önemli bulgulardandı. Bu taşların üzerine, şapkalı, kısa pantolonlu ve ceketli modern insan figürleri resmedilmişti. Abbé Breuil resimlerin gerçek olduğunu söyleyince, tüm tarih öncesi alabora oldu. Taşları kimler çizmişti? Hayal gücümüz, postlu bir mağara adamının taşlara yirminci yüzyıl insanını kazıdığını düşünecek kadar geniş mi?

1940'da Güney Fransa'daki Lascaux Mağaraları'nda Taş Devri'ne ait şahane mağara resimlerine rastlandı. Resimler sanki yeni yapılmış gibi canlı ve sağlamdı. Şu durumda akla iki soru geliyor: Mağara, bu güzel resimleri yapsınlar diye Taş Devri ressamları için nasıl aydınlatılmıştı ve duvarlar, bu şaşkınlık yaratan resimlerle nasıl süslenmişti?

Bu soruları aptalca bulanlar, güçleri yetiyorsa, ortadaki çelişkileri açıklasınlar da görelim. Eğer taş devri insanlarını ilkel ve vahşi olarak düşünüyorsak, bu resimleri onların yaptığını da kabul edemeyiz. Eğer bu ilkel insanlar, böyle şahane resimler yapacak yetenekteyse, neden kendilerine barınak ya da kulübe inşa etmedi? Bilginlere göre, hayvanların barınak yapma yeteneği milyonlarca yıl öncesine dayanıyor. Ancak Homo Sapiens'in o kadar uzun zamandır aynı yetenekte olduğunu savunmak, mevcut varsayımlara ters düşüyor.

Profesör Koslov, Gobi Çölü'ndeki Kara Kota yıkıntılarının altında -kum camlaşmalarının görüldüğü bölgeye çok yakın- M.Ö. 12.000 yılına ait bir mezar bulmuştu. Mezardaki lahitlerde iki zengin adama ait cesetlere rastlanmıştı. Lahit kapaklarına ise dik bir çizgiyle ikiye ayrılmış bir daire biçimi çizilmişti.

Borneo'nun batı kıyısındaki Subis Dağları'nda, katedral gibi biçimlendirilerek oyulmuş mağaralar bulunmuştu. Buradaki bulgular içinde rastlanan dokumalar o kadar incelikle ve güzel biçimde işlenmişti ki, en iyimser yaklaşımla bile bunların mağara insanlarının elinden çıktığını söyleyemeyiz. Sorular, sorular, sorular...

Arkeolojinin basmakalıp fikirlerine dair şüpheler, kendini iyiden iyiye gösteriyor. Geçmişin karanlık perdelerini aralamak için, sınırları zorlamamız gerekiyor. Yeni tarihler yazılması pahasına, bazı basmakalıp bilgiler değişmek zorunda!

Bu arada, son iki bin yıllık tarih hakkında kuşku duymadığımı vurgulamak istiyorum. Burada amacım en eski tarihin karanlık sayfalarını yeni sorularla aydınlatmak.

Öte yandan, evrenden gelen bilinmeyen zeki varlıkların bizim genç dimağlarımızı ne zaman etkilediğini gösterecek bir tarih de veremem. Fakat bu ziyaretlerin İlk Paleolitik Çağ'da, yani M.Ö. 10.000 ile 40.000 arasında meydana gelmiş olabileceğini düşünüyorum. Günümüzde çoğunluğu memnun eden C.14 yöntemi, 45600 yıldan sonrasını kesin olarak inceleyemiyor ve boşluklar bırakıyor. Tanınmış bilginler dahi, C.14 yönteminin 30.000-50.000 yıllık organik nesillerin yaşını tam olarak tespit edemediğini, ancak bu iki aralıkta bir tahminde bulunduğunu, bu yüzden de güvenilir ve net sonuçlar veremediğini öne sürüyor.

Bu eleştiriler bir yere kadar kabul edilebilir. Öte yandan, C.14 yöntemine paralel, modern ölçüm cihazlarıyla donatılmış ikinci bir tarihleme yöntemine ihtiyaç duyulduğu kesin.

SEKİZİNCİ BÖLÜM

PASKALYA ADASI – UÇAN ADAMLARIN TOPRAĞI

Avrupalı denizciler, on sekizinci yüzyılın başlarında Paskalya Adası'na ayak bastığında gözlerine inanamadı. Şili kıyılarının 3050 kilometre açığında bulunan bu küçük kara parçasında dört bir yana saçılmış heykelleri görünce şaşakaldılar. Çelik kadar dayanıklı kayalar, peynir keser gibi kesilmiş, 10.000 tonluk kayalar dağlardan koparılmış, yerlere serilmişti. Yüksekliği 10 ile 20 metre arasında değişen 50 tonluk heykeller, ziyaretçilere meydan okurcasına bakıyor, robotlar gibi hareket ettirilmeyi bekliyordu. Araştırmalara göre, heykeller orijinalde şapkalıydı. Ama bunlar bile, heykellerin ilk haline ulaşmaya yetmiyordu. Şapkaların yapımında kullanılan on tonluk taşlar, heykel gövdelerinden uzakta duruyordu ve birleştirilmek için metrelerce kaldırılmaları gerekiyordu.

Heykellerin her birinde, üzerinde tuhaf bir hiyeroglif yazı bulunan tahta tabletler vardı. Günümüzde ise bu tabletlerin yalnızca on tanesi müzelerde yer alıyor ve yazıların anlamını hala kimse çözemiyor.

Thor Heyerdahl'ın bu esrarengiz devler üzerindeki incelemeleri sonucunda, ortaya üç kültür dönemi çıktı. Bu dönemlerin en eskisi, en kusursuzuydu. Heyerdahl, bulduğu kömür kalıntılarının, M.S. 400 yılına ait olduğunu kanıtladı ancak ocakların ve kemiklerin heykellerle bir bağlantısı bulunup bulunmadığı anlaşılamadı. Üstelik Heyerdahl, kaya yüzeyleri ve kraterlerin yakınında yüzlerce tamamlanmamış heykele rastladı. Etrafa saçılmış, balta ve taş aletler, heykel işine ansızın son verildiğini işaret ediyordu.

Paskalya Adası, herhangi bir kıta ya da medeniyete hayli uzak bir coğrafyaydı. Adalılar, başka ülkelerin insanlarına göre, güneş ve yıldızlara daha çok ilgi duyardı. Volkanik topraklara bağlı olarak adada ağaç yetişmiyordu. Bu yüzden taş dev heykellerin kütüklerle taşınması fikri, burası için geçersizdi. Adadaki besin kaynakları, ancak 2000 kişiye yetecek kadardı. Günümüzde, adada birkaç yüz yerli yaşıyor. Taş işçilerine gemilerle yiyecek ve giyim yardımı yapılması imkansızdı. Öyleyse, taşları dağlardan koparan ve şu anki yerine taşıyanlar kimdi? Heykeller nasıl işlenmiş, cilalanmış ve dikilmişti? Başka ocaklardan çıkarılan taşlarla yapılan şapkalar, heykellerle nasıl birleştirilmişti?

Hayal gücü çok gelişmiş insanlar, Mısır piramitlerinin büyük bir işçi ordusu tarafından, iman gücüyle yapıldığını düşünse bile, aynı metodun burada uygulandığı hayal edilemez. Çünkü insan gücü yetersizdir. Adada yaşayabilecek 2000 insanın ilkel araçlarla durmadan çalıştığını düşünsek bile, çelik sertliğindeki volkanik kayaları söküp işlediklerini kabul edemeyiz. Çünkü nüfusun en azından bir kısmı, çorak toprakları sürmek, balık tutmak, kumaş ve ip örmek zorundaydı. Hayır! 2000 kişinin, yardım almadan bu dev heykelleri yapmış olması söz konusu değildi. Paskalya Adası'nda daha fazla insanın yaşaması da olanaksızdı. Öyleyse bunları kim yapmıştı? Üstelik heykeller neden taş ocakları yakınında değil de kıyı şeridinde bulunmuştu? Neye hizmet etmişlerdi?

Maalesef, bu küçük kara parçasına gelen Avrupalı misyonerler, adanın geçmişinin karanlıktan kurtulmasına engel olmuştu. Hiyeroglifli tabletleri yakmış, eski tapınma biçimlerini yasaklamış, tüm gelenekleri ortadan kaldırmışlardı. Ancak bu sahte beyefendiler, ne kadar uğraşsalar da adanın lakabını değiştiremedi. Yerliler hala buraya "Uçan Adamların Toprağı" diyor. Bir sözlü efsaneye göre, uçan adamlar çok eski zamanlarda adaya gelir ve ateşler yakar. Efsane, dev gözlü uçan yaratıkların resimleriyle doğrulanıyor.

Paskalya Adası ve Tiahuanaco arasındaki benzerlikler hemen dikkat çeker. İki bölgede de taştan yapılmış devler vardı. Oradaki heykellerin yüzünde de mağrur ve kaygısız bir ifade bulunuyordu. Francisso Pizarro 1532'de İnkalar'ı, Tiahuanaco hakkında sorgularken şu yanıtı aldı. "Hiç kimse şehri harabeyken görmedi, çünkü Tiahuanaco, insanlığın bir gecesinde yapıldı." Geleneklere göre, Paskalya Adası dünyanın merkeziydi. Ancak Tiahuanaco ile Paskalya Adası arasında yaklaşık 5600 kilometre mesafe vardı. Bu durumda, iki bölge birbirinden nasıl etkilenmişti?

Bu noktada İnka öncesi mitolojisi bize yardım edebilir. Mitolojinin yaratıcısı, antik ve ilkel bir tanrı olan Viracocha'dır. Efsaneye göre Viracocha, dünyayı henüz karanlıkken ve güneş yokken yaratmıştı. Taştan devler yapmış ve onlardan memnun kalmayınca hepsini bir bir sele gömmüştü. Sonra Titikaka Gölü üstünde güneş ve ayı yükseltmiş, dünya aydınlığa kavuşmuştu. Ve sonra -buraya dikkat edin- Tiahuanaco'da kilden insan ve hayvanlar yaratıp onlara hayat üflemişti. Sonra yarattığı insanlara dil, gelenek, görenek ve sanat öğretmiş, bazılarını başka kıtalara uçurup oraya yerleşmelerini sağlamıştı. Daha sonra Viracocha ve iki yardımcısı pek çok ülkeyi ziyaret edip işlerin yolunda gidip gitmediğini ve öğretilerinin sonuçlarını denetlemişti. Viracocha genellikle yaşlı bir adam kılığında And Dağları'nı, kıyı şeritlerini dolaşırdı. İnsanlar onu pek de hoş karşılamazdı. Bir keresinde Cacha'da dolaşırken, insanların tavırlarına sinirlenmiş ve bir tepeyi ateşe verip tüm ülkeyi yakmıştı. Sonra nankör insanlar durumu anlayıp ondan af dileyince, ufak bir işaretle yangını söndürmüştü. Daha sonra yine yollara düşüp insanlara tavsiyelerde bulunmuş, emirler vermiş ve onları eğitmişti. İnsanlar onun için tapınaklar inşa etmeye başlamıştı. Sonunda Manta kıyılarında herkese veda etmiş ve geri geleceğini söyleyerek okyanus dalgaları üstünde gözden kaybolmuştu.

Güney ve Orta Amerika'yı fetheden İspanyol savaşçıları, her yerde Viracocha efsaneleriyle karşılaştı. Daha önce hiçbiri, gökten inen beyaz, dev bir adamdan bahsedildiğini duymamıştı. Güneşin oğullarının, insanları eğittiğini, onlara her türlü zanaatı öğrettiğini ve sonradan ortadan kaybolduğunu şaşkınlık içinde dinlemişlerdi. Ve İspanyolların dinlediği tüm efsanelerde, güneşin oğullarının bir gün geri döneceği söyleniyordu.

Amerika kıtası, eski kültürlerin mihenk taşıdır ancak kıtanın geçmişi hakkındaki bilgilerimiz en fazla 1000 yıl öncesine uzanır. İnkalar'ın M.Ö. 3000 yılında Peru'da, iplik tezgahları yokken, pamuk yetiştirmelerinin sebebi hala büyük bir muammadır. Mayalar yol inşa eder, tekerleği bildikleri halde kullanmazdı. Guatemala'daki Tikal Piramidi'nde, yeşim taşından yapılmış beş kenarlı bir gerdanlık bulunması bir mucizeydi, çünkü bu taş yalnızca Çin'de çıkarılıyordu. Olmekler'in heykelleri ise olağanüstüydü. Müzelerde sergilenmediği için, dev kafaların üstüne yerleştirilmiş şahane başlıkları gidip yerinde görmek gerekiyor. Çünkü ülkede, o taş heykel ve blokların ağırlığını çekecek bir köprü bulunmuyordu. Yakın tarihlere kadar, modern taşıma araçlarımızla 50 ton ağırlığındaki tek parça taşları kaldırabiliyorduk. Bugün çok gelişmiş vinçlerle yüzlerce ton kaldırıyoruz. Fakat atalarımız bunu binlerce yıl önce yapıyordu. Ama nasıl?

Eski insanlar, dev taş blokları tepelere çıkarıp aşağı yuvarlamaktan keyif alıyordu herhalde! Mısırlılar, piramit taşlarını Asuan'dan, Stonehenge mimarları dev taş blokları Galler ve

Marlborough'dan taşırdı. Paskalya Adası'nın taş işçileri, dev heykellerinde kullandıkları taşları çok uzaktaki taş ocaklarından çıkarıp getirirdi. Tiahuanaco'daki bazı tek parça kayaların nereden geldiği ise hala gizemini koruyor. Herhalde atalarımız biraz tuhaf kimselerdi, işleri zorlaştırmaktan hoşlanıyor ve heykelleri olmadık yerlere dikiyorlardı. Tüm bunların sebebi, mücadeleyi sevmeleri miydi?

Uzak geçmişimizdeki sanatçıların bu kadar aptal olduklarını kabul etmiyorum. Eğer eski bir söylemde piramidin yapılış yerleri belirtilmeseydi, eserlerini yapmak için taş ocaklarının yakınını seçerlerdi. Sacsayhuaman'daki İnka kalesinin Çuzco'nun tepesine inşa edilmesi tesadüf değildi, orası bir gelenek sonucu kutsal nokta olarak belirlenmiş olmalı. Tıpkı bunlar gibi, insanlığın en eski anıtlarının dikildiği yerlerde, ilginç ve önemli bulguların, dokunulmamış halde bulunduğuna ve bunların günümüz uzay yolculuğu araştırmalarına büyük katkı sağlayacağına inanıyorum.

Binlerce yıl önce gezegenimizi ziyaret eden uzay yolcuları da en az bizim kadar öngörülü olmalıydı. Bir gün dünyalıların da kendi inisiyatif ve yeteneğiyle uzaya açılacaklarını herhalde hesap etmişlerdi.

Gezegenimizdeki zeki varlıkların, uzayda kendilerine denk ruh ve zekayı aradıkları tarihsel bir gerçektir.

Günümüzde kullanılan anten ve vericiler, ilk radyo dalgalarını, bilinmeyen zeki varlıklara yollayıp duruyor. Ne zaman karşılık alacağımız ise belli değil. Belki on, on beş ya da yüz yıl sonra. Hatta mesajlarımızı hangi gezegene ileteceğimiz konusunda da bilgisiziz, çünkü hangi gezegenin bize en ilginç geleceğini bilmiyoruz. İnsana benzeyen zeki varlıklar sinyallerimizi alacak mı? Bilmiyoruz. Ancak şunu aklımızdan çıkarmamalıyız, bizleri amacımıza ulaştıracak bilgiler, dünyamızda saklıdır. Bugün yer çekimini etkisiz hale getirmeye çalışıyor, temel elementler ve anti madde üzerinde çalışmalar yapıyoruz. Peki gerçek yıldızımıza ulaşmak için dünyamıza gizlenmiş verilerin peşine düşüyor muyuz?

Eğer işi ciddiye alıp yeterli çalışmayı yaparsak, geçmişimizin mozaiğine güç bela uyum sağlayan bilgilerin, resme daha rahat eklendiğini görürüz. Bunlar yalnızca antik metinlerde geçen bariz ipuçları değil, dünyanın her yerinde eleştirel bakış açımızı bekleyen "zor gerçekler"dir. Büyük bir nimet olan aklımızı kullanmamız gerek.

İnsanlık, varacağı son noktada, varoluşunu doğrulamak ve gelişmek için gösterdiği gayretin, aslında uzaydaki varoluşla ilişkilenmesi için, geçmişinden ders çıkaracak. Bu aşamaya gelindiğinde, en dar kafalı ve inatçı kimseler bile, insanın görevinin evreni aynı çatı altında toplamak ve ruhsal görevinin, tüm gayret ve çalışmasıyla bu amaca ulaşmak olduğunu anlayacak. O zaman tanrıların verdiği barış sözü kendini gerçekleyecek.

Bütün güçler, otorite ve zeka, uzay çalışmalarına adandığında, dünyadaki savaşların anlamsızlığı ortaya çıkacak. Her ırktan insanlar, uluslar ve halklar küresel bir biçimde birleşip kendilerini uzak gezegenlere yolculuk işine verince, dünya tüm küçük sorunlarıyla beraber kozmik akışın içinde doğru yeri bulacak.

Gizli ve esrarengiz öğretilerin peşine giden gizemciler artık lambalarını söndürecek, simyacılar potalarını yok edecek, gizli kardeşlik örgütleri maskelerini çıkaracak. Yıllarca allanıp pullanıp insanlığa yutturulan saçmalıklara artık yer kalmayacak. Evren kapılarını açar açmaz, daha iyi bir geleceğe koşulacak.

Uzak geçmişimizin anlaşılmasındaki şüpheciliğim bugün elimizde bulunan bilgilere dayanıyor. Kendimi bir şüpheci olarak nitelersem, bu anlayışım, Thomas Mann'ın 1920'lerde yaptığı konuşmasındaki görüşüne yakınlık gösterir:

"Şüphecinin en olumlu yönü, her şeyi mümkün kılmasıdır!"

DOKUZUNCU BÖLÜM

GÜNEY AMERİKA'NIN ESRARI VE DİĞER TUHAF OLAYLAR

Niyetimin insanlık tarihinin son iki bin yıllık dönemine şüpheyle yaklaşmak olmadığını daha önce vurgulamıştım. Yine de uzak geçmişin, Yunan ve Roma tanrıları ile pek çok efsane ve destan üzerinde etkisi olduğuna inanıyorum. İnsanlığın doğuşundan beri çeşitli gelenekler, farklı toplumlarda süregeldi. Yeni kültürlerde de eski geleneklerin, yani uzak geçmişin izlerini gözlemlemek mümkün.

Guatemala ve Yucatan ormanlarındaki kalıntılar, Mısır'daki dev yapılarla kıyaslanabilir. Meksika başkentinin 96 km güneyindeki Cholula Piramidi'nin taban alanı, Keops Piramidi'nden daha geniştir. Mexico City'nin 48 kilometre kuzeyindeki Teotihuacan Piramidi ise yanındaki yapılarla be raber 12 km^2'lik bir alanı kaplar. Binaların hepsi, yıldızların konumuna göre dizilmiştir. Teotihuacan'dan bahseden en eski kitaplarda, tanrıların burada toplandığı ve henüz "homo sapiens" ortaya çıkmadan bazı karar aldığı yazar!

Dünyanın en kesin takvimi olan Maya Takvimi'nden ve onların Venüs formülünden daha önce söz etmiştim. Chichen Itza, Tikal, Copan ve Palenque'deki bütün yapıların bu olağanüstü takvime göre yapıldığı artık kanıtlandı. Mayalar, piramitleri ihtiyaç sebebiyle yapmamıştı. Bütün bu binaların yapılış sebebi, takvimde verilen bir emirdi. Takvim, her elli iki yılda bir, belli sayıda basamaklar yapılmasını emrediyordu. Dolayısıyla her taş, takvimle ilintiliydi ve bitirilen her yapı, astronomik ihtiyaçlarla örtüşüyordu.

Ne var ki M.S. 600 yılında olağanüstü bir şey oldu! İnsanlar büyük emek ve özveriyle, kan ter içinde yaptıkları şehirleri, görkemli tapınakları, birer sanat şaheseri olan piramitleri, heykelleri ve geniş arenaları birdenbire, sebepsiz yere terk edip gitti. Binalar, caddeler ve taş eserler, büyüyen ormanın içinde kayboldu ve enkaza dönüştü. Bir daha hiçbir yerli oraya geri dönmedi.

Bir varsayımda bulunalım ve bu göçün antik Mısır'da da gerçekleştiğini düşünelim. Nesiller boyu, takvim günlerine göre tapınaklar, piramitler, şehirler, su kanalları ve yollar inşa eden, bu dev binaları süslemek için ilkel aletlerle taş kazıyan halkın, işleri bitince her şeyi ardında bırakıp kuzeye göç ettiğini varsayalım. Böyle bir hareket, tarihsel olayları incelediğimizde bize anlamsız ve gülünç gelebilir. Bir olay ne kadar anlaşılmaz olursa, onu açıklamak için öne sürülen fikir sayısı da o kadar artar. Bunun en güzel örneği, Maya göçüne yapılan açıklamalardır. Ortaya sürülen ilk fikre göre Mayalar, yabancılar tarafından şehirden kovulmuştu. Peki kültür ve uygarlığın zirvesinde olan bir medeniyeti kim alt edebilirdi? Ayrıca bölgede askeri çatışmaya dair hiçbir iz bulunamamıştı. Göç nedenini iklimdeki değişikliklere bağlayanlar da olmuştu fakat bu da çürütülebilir bir iddiaydı. Çünkü ülkenin sınırıyla en yakın komşu krallıkların arasındaki mesafe en fazla 352 kilometreydi ve bu uzaklık, bir iklim felaketinden kaçmak için yeterli olamazdı. Mayaların salgın hastalıktan kaçtığını öne süren iddialar da belli araştırmalar sonucu yalanlanıyor. Çünkü salgına dair en ufak bir iz bile bulunamaz. Öyleyse, aklımıza şu sorular takılıyor. Nesiller arasında bir savaş mı patlak vermişti? Gençler, yaşlılara isyan mı etmişti? Sivil savaş mı çıkmıştı? Yoksa darbe mi olmuştu? Eğer bu ihtimallerden biri gerçekleşmiş olsaydı, nüfusun belli bir bölümü, özellikle yenilenler bölgeyi terk eder, kazananlar orada kalırdı. Halbuki araştırmalar, bölgede bir tek Mayalı'nın bile kalmadığını gösteriyor. Halkın tamamı, kutsal mekanlarını ormanın kargaşasına teslim ederek gitmişti.

Bu noktada kendi yorumlarımı da katmak istiyorum. Elbette bunlar, kanıtlanmadığı için yalnızca varsayımlardan ibaret. Yine de bunları cesaretle paylaşabilirim.

Antik dönemlerde, Mayalar'ı (uzay yolcuları olduğunu tahmin ettiğim) birtakım canlılar ziyaret etmişti. Bazı kanıtlar baz alınarak Amerikan kültürünün atalarının Antik Doğu'dan göç ettiği öne sürüldü ancak Maya dünyasında astronomi, matematik ve takvime dair, doğunun hiç bilmediği bazı bilgiler vardı! Rahipler bu geleneksel bilgiye gözü gibi bakıyordu çünkü tanrılar bir gün döneceklerini vaat etmişti. Böylece büyük Kukulkan dini, yani "Tüylü Yılan" dini yaratılmıştı.

Rahip geleneğine göre tanrılar, takvim kurallarına uygun büyük yapılar bitince geri gelecekti. Bu yüzden insanlar, kutsal ritme uyarak, tapınak ve piramitleri aceleyle bitirmeye çalışıyordu. Çünkü her şey tamamlanınca birleşme yılı olacaktı. O zaman Tanrı Kukulkan yıldızlardan inerek bina ve şehirlerin başına geçecek ve insanlıkla beraber yaşamını sürdürecekti.

Nihayet, işler bitti ve tanrıların dönüş yılı gelip çattı. Ama olan biten hiçbir şey yoktu. İnsanlar bütün yıl şarkılar söyleyip dualar okuyarak bekledi. Köleler, mücevherler, yiyecek ve yağ sunuldu ama nafile. Gökyüzünde tık yoktu: Ne bir ateşli araba ne de tanrıların gök gürültüsü. Hiçbir şey.

Rahipler ve insanlar tarif edilemez bir hayal kırıklığı yaşadı. Yüz yıllık çalışmalar boşa gitmişti. Şüpheler ayyuka çıktı. Acaba takvim hesaplarında bir hata mı vardı? Tanrılar başka bir yere mi iniş yapmıştı? Hepsi birden korkunç bir hata yapmış olabilir miydi?

Bu arada Mayalar'ın esrarengiz yılı ve takvimin başlangıç tarihi M.Ö. 3111'dir. Bunu Maya yazıtlarındaki çeşitli bulgular ispatladı. Bu durumda, Mısır uygarlığının başlangıcıyla arasında birkaç yüzyıllık ara olduğunu söyleyebiliriz. Pek çok Maya metninde söz edilen bu efsanevi yılın, hesabı şaşmayan Maya takvimi tarafından doğrulandığı da bir gerçek. Böylece takvim ve ulusal göç dışında şüphemi arttıran başka konular da ortaya çıkıyor.

1935'de Planque'da (Eski Krallık) Tanrı Kukumatz'ı (Kukulkan, Yucatan'da) tasvir ettiği sanılan bir taş kabartmaya rastlandı. Kabartmadaki figüre önyargısız biçimde bakmak, en radikal şüpheciyi bile durup düşündürebilirdi.

Resmin ortasında, bedenini motosikletçi gibi eğmiş bir figür vardı. Altındaki aracın roket olduğunu bir çocuk bile rahatlıkla söyleyebilirdi. Aletin öne doğru incelen kısmı, aşağı doğru çentikleşen kenarları ve kuyruğa doğru alev püskürtecek biçimde genişleyen gövdesi, roketten başka hiçbir şeye benzemiyordu. Eğilmiş adam, ne olduğu anlaşılmayan kontrol kollarını idare ediyor ve pedal gibi bir alete basıyordu. Düzgün giyinmişti: Geniş kemerli kısa pantolonu, Japon yaka ceketi, kolları ve bileklerini saran bantlar vardı. Benzer resimleri gördüğümüz için, adamın başındaki o karmaşık başlık olmasaydı şaşırırdık elbette. Ama çentikleri, tüpleri ve anten gibi çubuklarıyla, başlık da yerli yerindeydi. Uzay yolcumuz -aynen böyle betimlenmiştir- bir yandan eğiliyor, bir yandan da yukarıdan yüzüne doğru sarkan bir nesneye dikkatle bakıyordu. Astronot koltuğu, üstünde simetrik kutular, daireler, noktalar ve helezonlar bulunan kıç bölümünden, desteklerle ayrılmıştı.

Bu kabartmanın anlamı neydi? Hiçbir manası yok muydu? Herkesin kolayca uzay gemisine benzetebileceği bu resim, hayal gücünün saçma bir ürünü olabilir miydi?

Kanıtlar zincirinden Planque'daki taş kabartmayı da atarsak, araştırmacıların bariz bulgulara dair incelemeleri bize pek de samimi gelmeyecektir. Gerçek nesneleri incelerken, hortlak görmüş gibi davranmaya gerek yok, değil mi?

Cevapsız sorularımızı sormaya devam edelim. Mayalar kentlerini kurarken neden nehir kenarları yerine, ormanın orta yerini tercih etmişti? Örneğin Tikal'in, Honduras Körfezi'nden kuş uçuşu 153,5 km, Campeche Koyu'ndan 243 km, Büyük Okyanus'tan 354 km olması, istiridye, kabuklular ve deniz minarelerinden yapılan eşyalara rastlanması Mayalar'ın denizle ilişkilerini açıkça ortaya koyuyor. O halde, ormanda ne işleri vardı? Kıyılara yerleşmek yerine, neden su depoları yapmışlardı? Yalnızca Tikal'de bulunan su depolarının kapasitesi 193.150 metreküpü buluyordu. İnsanlar yaşamak için daha 'mantıklı' yerleri bir kenara bırakıp neden buraları seçmişti?

Mayalar, uzun yolculuklardan sonra hayal kırıklığına uğramış ve yeni krallıklarını kurmak için kuzeyi tercih etmişti. Piramitler, tapınaklar ve şehirler, takvimde öngörüldüğü gibi yeniden yapılmıştı.

Maya takviminin doğruluğu hakkında bilgi vermek adına, kullanılan zaman dilimlerini şöyle sıralayabiliriz:

- 20 kin = 1 uinal ya da 20 gün
- 18 uinal = 1 tun ya da 360 gün
- 20 tun = 1 katun ya da 7.200 gün
- 20 katun = 1 baktun ya da 144.000 gün
- 20 baktun = 1 piktun ya da 21.880.000 gün
- 20 piktun = 1 kalabtun, ya da 571.600.000 gün

- 20 kalabtun = 1 kinçiltun, ya da 121.521.000.000 gün
- 20 kinçiltun = 1 atautun, ya da 232.0401.000.000 gün

Ormanın yeşil çatısından geçip göğe yükselen tek yapı, takvime göre yapılmış taş basamaklar değildi, bir de Mayalar'ın kurduğu gözlem evleri vardı.

Chichén'deki gözlem evi, Mayalar'ın ilk ve en eski yuvarlak binasıydı. Yenilenmiş bina, bugün bile gözlem evine benzer. Üç set üzerine kurulmuş yapıda, en tepedeki gözlem direğine kadar uzanan helezon bir merdiven bulunuyordu. Çatıda açılan pencerelerden doğrudan yıldızlar görünürdü ve gece, olağanüstü bir manzara vardı. Dış duvarlarda yağmur tanrısının maskeleri ve kanatlı bir insan resmi çizilmişti.

Mayalar'ın astronomiye duydukları ilgi, başka gezegenlerde yaşayan zeki varlıklarla ilgili varsayımlarımız için yeterli olmayabilir. Aklımızda hala cevaplanmamış, hayret verici pek çok soru dolaşıp durur. Örneğin Mayalar, Uranüs ve Neptün'ün varlığını nereden biliyordu? Chichén'deki gözlem evi neden en parlak yıldızlara yönlendirilmemişti? Palenque'deki roket kullanan tanrı kabartması ne anlama geliyordu? 400 yıllık hesapları olan Maya takviminin amacı neydi? Güneş ve Venüs yıllarını incelikle hesaplamak için gereken bilgiye nereden ulaşmışlardı? Bu olağanüstü astronomik bilgileri kimler aktarmıştı? Bütün bu olaylar, Maya zekasının tesadüfi bir ürünü müydü yoksa birleştirilen gerçekler, uzak bir geleceğe yollanmış, devrimci bir mesaj mıydı?

Her şeyi bir eleğe koyup süzsek bile, araştırmacılar büyük problemleri çözmek için pek çok gereksiz ve tutarsız bilgiyle karşı karşıya kalabilir. Çağımızda araştırmacılar, "imkansız" sözcüğünden yılarak çalışmalarından vazgeçmemelidir.

Korkunç bir hikaye daha paylaşacağım sizinle. Chichén Itza'daki Kutsal Kuyu'nun hikayesi bu. Edward Herbert Thompson, kuyunun balçığından mücevher ve sanat eserlerinin yanı sıra, genç erkek ve kızlara ait iskeletler de çıkarmıştı. Diego de Landa ise Maya rahiplerinin kuraklık zamanlarında kuyunun başında merasimler düzenleyerek yağmur tanrısının gönlünü almak için erkek ve kız çocukları kurban ettiklerini eski kaynaklara dayanarak açıklamıştı.

Thompson'ın bulguları, Landa'nın iddialarını kanıtlamıştı fakat bu korkunç hikaye, beraberinde yeni sorular getirdi. Kuyu nasıl oluşmuştu? Neden kutsaldı? Buna benzer birkaç kuyu daha bulunduğu halde, neden özellikle bu seçilmişti?

Chichén Itza'daki Kutsal Kuyu'nun bir benzeri de Maya gözlem evinin yetmiş metre ötesinde, ormanda gizliydi. Yılanlar, zehirli kırkayaklar ve ürkütücü böcekler tarafından korunan deliğin boyutu, kuyununkine eşitti. Dik duvarları ormanın şartlarında aşınmış, deforme olmuş ve bataklığa dönmüştü. İki tarafta da suyun derinliği eşitti ve rengi, yer yer yeşil, kahverengi ve kan kırmızısıydı. İki kuyunun da aynı yaşta olduğunu söylemek mümkündü, hatta belki de göktaşlarının etkisiyle oluşmuştu. Ancak çağımızın bilginleri yalnızca Chichén Itza'daki kuyudan söz etti, teorilerine ters düştüğü için ikinci kuyunun esamesi bile okunmadı. Üstelik iki kuyu da Castillo Piramidi'ne 815 metre uzaklıktaydı. Çevredeki en büyük piramit olan bu yapı, Tanrı Kukulhan'a, yani "Tüylü Yılan"a aitti.

Yılan, neredeyse tüm Maya yapılarının sembolüydü. Zengin bitki örtüsüne sahip bir coğrafyada yaşayan bir toplumun kabartmalarında, çiçek figürleri yerine durmadan yılan kullanması da ayrıca şaşırtıcıydı. Tarihin karanlık çağlarından beri, kötülükle ilişkilendirilen ve toz toprak içinde gezen bu sürüngen varlığa uçan bir tanrı yakıştırması yapmak ilginç, değil mi? Halbuki yılan, nefret saçan imajıyla, tarih boyunca sürünmeye mahkum edilmişti. Mayalar ise her nedense onu uçurmuş ve tanrı gibi görüp tapınmıştı. Tanrı Kukulkan'ın (Kukumatz) büyük olasılıkla, sonradan gelen Tanrı Ouetzlcoatl figürüyle bir ilgisi vardı. Peki Maya efsaneleri, Tanrı Ouetzlcoatl hakkında ne diyor?

Ouetzlcoatl beyaz bir cübbe içinde, doğan güneşin meçhul ülkesinden gelmişti. Sakallıydı. İnsanlara, tüm bilimleri, sanatı, gelenekleri öğretmiş ve ardında bilge yasalar bırakmıştı. Rivayete göre, onun önderliğinde, mısırlar adam boyunda büyür, pamuk renkli yetişirdi. Ouetzlcoatl görevini tamamlayınca denize dönmüş, yolculuğu sırasında öğretilerini yaymayı sürdürmüş ve kendisini sabah yıldızına götüren bir gemiye binip gitmişti. Ouetzlcoatl'ın, ayrılırken döneceğine söz verdiğini söylememe gerek yok herhalde.

Elbette bu yaşlı bilgenin ortaya çıkışına pek çok açıklama getirildi. Sakala, günümüzdeki kadar sık rastlanmayan bir dönem olduğundan, yaşlı adama Mesih yakıştırması yapıldı. Daha da cüretkar görüşler ise adamın ilk İsalar'dan olduğunu savundu! Fakat bu açıklamalar maalesef beni ikna etmiyor. Antik dünyadan gelip Mayalar'ın arasına karışan biri, taşımacılık için tekerleğe gerek olduğunu bilmeliydi. Ouetzlcoatl gibi kanun yapan, doktor ve pratik hayata dair tavsiyelerle dolu, tanrısal, bilge bir adamın yapacağı ilk şey, ilkel Mayalar'a tekerlek ve at arabasını öğretmek olurdu. Halbuki Mayalar ne tekerlek kullanmıştı ne de araba.

Zihinsel karmaşalarımızı, loş geçmişteki tuhaflıklardan bir özet geçerek tamamlayalım.

1900 yılında Yunan sünger avcıları, Antrikitera'dan yüklenmiş mermer ve bronz heykellerle dolu batık bir gemiye rastlamıştı. Gemideki tüm sanat hazineleri kurtarılmış ve araştırmalar sonucu, geminin İsa döneminde battığı ortaya çıkmıştı. Tüm eserler incelenmiş ve hepsinin toplamından çok daha kıymetli, biçimsiz bir parça bulunmuştu. Parça özenle incelendi ve üzerinde daireler, yazılar ve dişliler bulunan bronz bir plaka olduğu anlaşıldı. Yazıların astronomiyle ilgili olduğu çok geçmeden fark edildi, pek çok ayrık parça temizlendi ve ortaya bir alet çıktı. Bu aletin karmaşık ölçüleri ve kadranları, hareket eden göstergeleri, üstü yazılı metal plakaları vardı. Birleştirilen makinede yirmiden fazla küçük çark, diferansiyel dişlisi ve ayna dişlisi belirlendi. Bir tarafında, çevrildiğinde bütün dişlileri farklı hızlarda döndüren büyük bir mil bulunuyordu. Göstergelerin üzerinde, korunma amacıyla yerleştirilmiş ve üstü uzun talimatlarla dolu bronz kaplar vardı. Herhalde "Antrikitera makinesi", ilk çağlardaki birinci sınıf mekanik ustalığı hakkında zihnimizdeki şüpheleri silmeye yeter, değil mi? Üstelik makine öyle karmaşıktı ki muhtemelen türünün ilk örneğiydi. Amerikalı Profesör Solla Price, aletin ay, güneş ve diğer gezegenlerin hareketlerini izleyecek bir hesap makinesi olduğunu öne sürmüştü.

Makinenin yapım yılının M.Ö. 82 olması pek de önemli değil. Mühim olan, bu küçük gök evinin kimler tarafından yapıldığı!

Hohenstaufen İmparatoru II. Frederik, 1229'da Beşinci Haçlı Seferi'nden, farklı bir çadırla dönmüştü. Çadırın içinde saat mekanizması gibi çalışan bir motor vardı ve insanlar, yıldızların hareketlerini kubbe şeklindeki tavandan izleyebiliyordu. Burada, eskilerden kalma bir gök evi daha karşımıza çıkıyor. Elbette haçlı seferi döneminde yeterli donanım bulunduğu için, böyle bir teknik kabul edilebilir. Ancak İsa'nın zamanında, dünyanın dönüşünün ve yıldızların konumunun bilinmemesi, o dönemde bir gök evi hayal etmeyi zorlaştırıyor. Antik dönemlerdeki bilgili Arap ve Çin astronomları bile, bu esrarengiz gerçeği açıklamamamıza yardımcı olmuyor. Galileo Galilei ise gök evinin yapımından tam 1500 sonra dünyaya geldiği için, ondan da medet umamıyoruz. Eğer yolunuz Atina'ya düşerse, Ulusal Arkeoloji Müzesi'nde sergilenen Antrikitera makinesini mutlaka görmenizi öneririm. II. Frederik'in çadır gök evi ise yalnızca yazılı kayıtlarda yer alıyor.

İşte geçmişten bize miras kalan birkaç tuhaflık daha:

Denizden 3200 metre yükseklikte Marcahuasi çöl platosundaki kayalarda kaba çizgilerle çizilmiş aslan ve deve gibi hayvanların resimlerine rastlanmıştı. Bunda tuhaf olan ne var demeyin. Çünkü 10.000 yıl önce Güney Amerika'da bu hayvanlar kesinlikle yaşamıyordu!

Türkistan'da mühendisler yarım daire biçiminde, camdan yapılmış nesneler buldu. Arkeologlar bunların kökeni ya da önemi hakkında hiçbir açıklama yapamadı.

Nevada Çölü'ndeki Ölüm Vadisi'nde, büyük bir felaket sonucu yıkıldığı sanılan bir antik kent enkazı bulunuyor. Bölgedeki erimiş kaya ve kum izleri bugün bile görülebilir. Bir yanardağ püskürtüsünün ısısı, kayaları eritmeye yetmezdi, böyle bir ısının önce binaları kavurup yok etmesi beklenirdi. Günümüzde böyle bir ısıyı ancak lazer ışını sağlayabilir. İşin tuhafı, bu bölgede, bugün bir tek ot bile yetişmiyor.

Lübnan'daki Hacer El Kıble'nin (Güneyin Taşı) ağırlığı, bir milyon kilonun üstündedir. İşlenmiş bir taştır ama insan gücüyle hareket ettirilmesi mümkün değildir.

Avustralya, Peru ve İtalya'da, ulaşılması çok güç kayaların yüzleri, ustalıkla yapılmış ve açıklanamayan işaretlerle doludur.

Chelda, Ur'da bulunan altın plakalarda, göklerden inen ve insana benzeyen tanrıların, plakaları rahiplere sunduğundan söz edilir.

Avustralya, Fransa, Hindistan, Lübnan, Güney Afrika ve Şili'de, alüminyum ve berilyum açısından zengin, tuhaf siyah taşlara rastlandı. Son araştırmalar, bu taşların uzak geçmişte ağır bir radyoaktif bombardımana ve yüksek ısıya maruz kaldığını gösteriyor.

Sümer tabletlerinde, etraflarında duran yıldızlarla birlikte gezegenler resmedilmişti.

Rusya'da arkeologlar, bir hava gemisinin kabartmasına rastlamıştı. Gemide, iki taraftan kalın sütunlarla desteklenen dik açılı bir çerçeve üzerinde yan yana dizilmiş on tane top bulunuyordu. Toplar, sütunlara yaslanmıştı. Rusya'daki diğer bulgular arasında, kabarık giysisi, hava ve su sızdırmayacak biçimde sıkı sıkıya kapalı olan, başlıklı, insana benzer bir figürün bronz heykelciğine rastlanmıştı. Başlık, ayakkabılar ve eldivenler, figürün giysisine sıkı sıkıya tutturulmuştu.

Geçmiş ve gelecek ay tutulmaları, bir Babil tableti üzerinde okunabilmektedir. Tablet, British Museum'da sergilenmektedir.

Çin eyaletlerinden Yunnan'ın başkenti Kunming'de, göğe çıkan silindir biçimli, rokete benzeyen aletlerin oyma resimleri bulunmuştu. Oymalara bir piramitte rastlanmış, piramit ise bir deprem sırasında Kunming Gölü'nün tabanından birdenbire yükselmişti.

Bu ve benzer pek çok bilmeceyi kim çözecek? İnsanlar eski alışkanlıkların hatalı, anlamsız ve alakasız olduğunu öne sürüp kenara çekiliyor ama böylesi, hiçbir işe yaramıyor. Dediğim dedik bir tavırla tüm çevirileri yanlış diye damgalayanlar, yeri geldiğinde, amaçlarına hizmet ediyor diye, aynı çevirileri kabul ediyor. Sırf alışılmış düşünce biçimlerinden uzaklaşmamak adına, varsayımlar ya da gerçekler, söz konusu olunca, üç maymunu oynuyorlar. Ne ödleklik ama!

Dünyada her gün hatta saat başı bile değişiklikler meydana geliyor. Günümüzün modern iletişim ve ulaşım araçları sayesinde, dünya tüm yeniliklerden bir çırpıda haberdar oluyor. Bilginlerin görevi, arşivleri, çağdaş bir araştırmaya gösterdikleri yaratıcı merak duygusuyla incelemekten başka ne olabilir? Geçmişin keşif macerası, ilk etabı çoktan tamamladı. İkinci büyüleyici maceranın adı ise insanoğlunun evrene yolculuğudur.

ONUNCU BÖLÜM

DÜNYANIN UZAY DENEMELERİ

Uzay yolculuğunun anlamına dair tartışmalar henüz bitmedi. Dünyada çözülmemiş pek çok sorun dururken, insanların evrenle uğraşmaması gerektiğini savunan işgüzar bir bakış açısı, uzay araştırmalarının kısmen, hatta tamamen anlamsızlığını kanıtlamaya çalışıyor.

İnsanları sıkacak bilimsel tartışmalara girmek istemediğim için, uzay araştırmalarının gerekliliğini gösteren birkaç sebepten bahsetmek istiyorum.

Merak ve bilgi açlığı, antik dönemden beri insanoğlunu araştırmaya teşvik eden itici bir güç oldu. NEDEN ve NASIL soruları, gelişme ve ilerlemenin katalizörü haline geldi. Günümüzdeki yaşam şartlarını, bu soruların zemin hazırladığı devinime borçluyuz. Konforlu ulaşım araçları sayesinde, dedelerimizin yaşadığı ulaşım zorlukları aşıldı, insan gücüyle yapılan işlerin zorluğu makineler yardımıyla azaltıldı, yeni enerji kaynakları, kimyasal alaşımlar, soğutucular ve çeşitli araçlar sayesinde yalnızca insan eliyle yapılan işleri devraldı, insanoğlunu özgürleştirdi. Bilim ürünleri insanlığa lanet değil, mutluluk getirdi. Hatta çağımızın en kötü buluşu atom bombası bile, bir gün insanlığın yararına kullanılabilir.

Günümüzde bilim, hedeflerine dört nala koşuyor. Fotoğrafçılığın temiz bir resim olarak sahne alması, yaklaşık 112 yıl sürmüştü. Telefon, ancak 56 yılda kullanıma hazırlanmış, radyonun iyi bir alıcı haline getirilmesi ise 35 yıllık bir bilimsel araştırma gerektirmişti. Ancak radarın kusursuz hale getirilmesi için sadece 15 yıl yetmişti. Çığır açan teknolojik gelişmelerin süresi gitgide kısalıyordu. Siyah-beyaz televizyonun ortaya çıkışı 12 yıl almış, ilk atom bombası yalnızca 6 yılda yapılmıştı. Bunlar, 50 yıllık teknolojik ilerlemenin hem büyüleyici hem de ürkütücü örnekleri. Gelişim hedeflerine günbegün daha hızlı varılıyor. Gelecek yüzyılda, insanlığın sonsuz düşlerinin çoğu hayat bulacak.

İnsan ruhu, tüm itirazlar ve uyarılara rağmen bir çıkar yol buldu. Hava, kuşlar için; su ise balıklar içindir, gibi kısıtlayıcı uyarılara aldırış etmeden, kendine uygun görülmeyen alanları fethetti. Artık insan, doğa kanunlarının tüm dediklerine rağmen uçabiliyor ve nükleer güçlü denizaltılarla aylarca denizin altında kalabiliyor. İnsanoğlu zekasını kullanarak, yaratıcısından almadığı kanat ve yüzgeçleri kendi yapmayı başardı.

Charles Lindberg efsanevi uçuşuna başlarken, ilk hedefi Paris'ti. Ancak onu öncelikle ilgilendiren konu, Paris'e varmak değil, insanın tek başına, zarar görmeden Atlantik'i geçeceğini kanıtlamaktı. Uzay yolculuğunun ilk varış noktası ise aydı. Ancak bu yeni, bilimsel projenin temel amacı, insanoğlunun uzayda hükmedeceğini göstermekti.

Peki neden uzay yolculuğu?

Birkaç yüzyıl sonra dünyamızın nüfusu inanılmaz biçimde artacak. İstatistiklere göre 2050 yılında dünya nüfusu 8,7 milyarı bulacak, 200 yıl sonra ise bu rakam 50 milyara çıkacak ve kilometre başına 335 kişi düşecek. İnsan hayal bile edemiyor! Denizden yiyecek elde edileceğini ya da deniz tabanına yerleşim yerleri kurulacağını iddia eden iyimser varsayımlar da mevcut, fakat bu büyük nüfus patlaması karşısında tüm bu tasarılar yetersiz kalacak. 1966 yılının ilk altı ayında, Endonezya'nın Lombok Adası'nda salyangoz ve ot yiyerek yaşamaya çalışan 10.000'den fazla insan açlıktan ölmüştü. Birleşmiş Milletler eski genel Sekreteri U Thant, Hindistan'da 20 milyon çocuğun açlık yüzünden ölümle pençeleştiğini açıklamıştı. Zürihli Profesör Mohler, açlığın dünyaya hükmedeceğini söylemişti ve bu örnekler, profesörün söylemini destekliyor.

Dünya yiyecek üretimi, tüm teknik yardımlara ve kimyasal gübre kullanımına rağmen, nüfus artışıyla kafa kafaya gitmiyor. Kimya sayesinde, doğum kontrol ürünleri insanlığın hizmetine sunuldu. Peki az gelişmiş ülkelerdeki kadınlar bunları kullanmadığı sürece ne anlamı var? Halbuki, doğum oranı on yıl içinde yarı yarıya azalırsa, yiyecek üretimi nüfusa ancak yetecektir. Fakat ben bu akılcı çözüm yolunun uygulanabileceğine maalesef inanmıyorum. Çünkü ahlaki güdülerin ve dini yasaların önyargılarından yükselen sağır edici sesleri aşana dek, nüfus patlaması çoktan alıp yürüyecek. Her yıl milyonlarca insanın açlıktan ölümüne seyirci kalmak mı, yoksa onları hiç dünyaya getirmemek mi daha insani, hatta daha ilahidir?

İşin aslı, doğum kontrolünün bir gün galip gelmesi, tarım alanları genişletilmesi, henüz bilinmeyen yollarla üretimin iki katına çıkarılması, balıkçılıktan elde edilen ürünlerin artış göstermesi, okyanus yataklarındaki su yosunlarından besin elde edilmesi ve pek çok ek önlemin alınması bile yalnızca bir nebze gecikme sağlayacak, korkunç sonu yüz yıl ötelemekten başka bir işe yaramayacak.

İnsanoğlunun bir gün Mars'a yerleşeceğine, tıpkı bir gün Mısır'a taşınacak Eskimolar gibi iklim şartlarına ayak uyduracağına inanıyorum. Torunlarımız, dev gemilerle ulaşılacak gezegenlere yerleşecek, tıpkı geçmişte Amerika ve Avustralya'da olduğu gibi, yeni dünyalar kolonize edilecek. İşte bu yüzden, uzay çalışmalarına ağırlık vermemiz gerekiyor.

Torunlarımıza yaşama şansı tanımalıyız. Bu görevi yerine getirmeyen her nesil, insanlığı gelecekte açlığa mahkum edecek.

Bu mesele, yalnızca bilim adamlarını ilgilendiren soyut bir konu olmaktan çıktı artık. Kendini gelecekten sorumlu hissetmeyenlere bir diyeceğim var: Uzay araştırmaları, insanlığı üçüncü dünya savaşından koruyor. Büyük güçler, toptan yok olma riskine karşı büyük savaşlardan vazgeçmemiş miydi? Bugün ABD'yi çöle çevirmek için, bir Rus askerinin kıtaya ayak basmasına bile gerek yok. Aynı şekilde hiçbir Amerikan askerinin Rus topraklarında ölmesine gerek yok, çünkü atom bombası bir ülkeyi yaşanmaz hale getirirken, radyoaktif etkileri her yeri kuraklaştırır. Kulağa saçma gelse de kıtalararası füzeler, barışı bir yere kadar garanti altına alıyor.

Bunca paranın uzay araştırmaları yerine dünyanın gelişimi için kullanılması gerektiği söyleniyor. Bu bakış açısı çok yanlış çünkü endüstriyel uluslar, az gelişmiş toplumlara yalnızca siyasi amaçlarla yardım etmez. Bir yandan kendilerine yeni pazarlar açmak isterler. Bu yüzden, az gelişmiş ülkelere yapılacak yardımlar, uzun vadeli bir bakış açısıyla, konumuzla ilgisizdir.

1966 yılında Hindistan'da her biri yaklaşık 5 kilo yiyecek tüketen 1,6 milyar fare yaşıyordu. Ancak Sofu Hintliler fareleri koruduğu için, devlet bu salgına karşı hiçbir önlem alamıyordu. Öte yandan Hindistan'da süt vermeyen, koşuma sürülemeyen ve kesip yenemeyen tam 80 milyon inek yaşıyor. Gelişime dinsel tabularla ket vurulan böyle geri kalmış ülkelerde, insan hayatını tehlikeye atan örf, gelenek ve inançları silmek, nesiller sürecek gibi görünüyor.

Uzay çağının gazete, radyo ve televizyon gibi haberleşme araçlarının insanları bilgilendirmesi ve aydınlatması gerekir. Dünya gitgide küçülüyor. Artık birbirimiz hakkında daha çok şey öğreniyoruz. Ancak ulusal sınırların geçmişte kaldığı o içgörü noktasına ulaşmamız için, uzay yolculuğu şart. Ortaya çıkan teknolojik gelişmeler ise insan ve kıtaların evrenin boyutları karşısında önemsiz kaldığını, uzay araştırmaları için ulus insanlarının birleşmesi gerektiğini dünyaya bildirmeli.

İnsanoğlu her çağda sorunları aşarak, görünen gerçeklere ulaşmayı sağlayan bir slogana ihtiyaç duymuştur.

Uzay araştırmalarına endüstri çağında katkıda bulunacak bir başka faktör daha var. Bu araştırmaların yarattığı yeni endüstri alanları sayesinde, bir sebeple işini kaybetmiş insanlar istihdam olacak. 'Uzay endüstrisi', otomobil ve çelik endüstrilerini çoktan geçti. 4000'den fazla yeni buluş uzay araştırmaları sayesinde ortaya çıktı ve hepsi de daha üst hedefler yolunda meydana çıkan yan ürünleri oluşturdu. Tüm bu ürünler, çıkış noktalarına bakılmaksızın, günlük hayatımızın bir parçası haline geldi. Elektronik hesap makineleri, mini alıcılar, mini vericiler, radyo ve televizyon transistorları, yağsız yemek pişirebilen teflon tavalar bile bu araştırmaların sonucunda ortaya çıktı. Özel hayatlarımızın birer parçası haline gelmiş uçaklardaki güvenlik donanımı, tam otomatik yer-kontrol sistemleri, otomatik pilotlar, hızla değişen bilgisayarlar, binbir türlü zorlukla yapılan araştırmaların meyvesi, gelişim sürecinin birer parçasıydı. Bunların haricinde, halkın henüz tanımadığı, boşlukta çalışan kaynak ve yağlama sistemleri, foto-elektrik hücreler ve uzakları keşfeden küçük enerji kaynakları da varlıklarını uzay araştırmalarına borçludur.

Uzay araştırmaları için damlaya damlaya göl olan vergiler, halka, bir coşkun ırmak gibi geri dönüyor. Uzay araştırmalarına katılmayan milletler, eninde sonunda bu güçlü teknik devrim tarafından alt edilecek. Telstar, Echo, Relay, Trios, Mariner, Ranger ve Syncom gibi isim ve kavramlar, karşı konulmaz araştırmalara giden yoldaki levhalardır.

Dünyanın enerji kaynakları kısıtlı olduğundan uzay yolculuğu, yakın gelecekte hayati bir önem kazanacak. Çünkü şehirlerimizi ışıklandırmak ve evimizi ısıtmak için Mars ya da diğer gezegenlerden bölünebilir madde elde etmemiz gerekecek. Atom gücü istasyonları daha bugünden en ucuz enerjiyi sağlıyor. Bir süre sonra endüstriyel kütle üretimi, istasyonlara bağımlı hale gelecek, fakat o zaman dünyadaki bölünebilir madde kaynakları tükenmiş olacak, başka gezegenlere ihtiyaç duyulacak. Yeni araştırmaların sonuçları, eski verileri günbegün alt ederken bilgilerin babadan oğula geçtiği dönemler artık geride kaldı. Yalnızca tek düğmeye basılarak çalıştırılan bir radyoyu onaran teknisyen, transistör teknolojisini ve plastik levha üzerine konan karışık devreleri iyi bilmek zorunda. Bir süre sonra mikro elektriğin küçük parçalarını da mecburen öğrenecek. İşçiler, ustalık döneminde öğrendiklerinin üzerine sürekli yeni bilgiler katmalı. Dedelerimiz zamanında, tek konuda ustalaşmak hayat boyu yeterliydi ama günümüz ve gelecek için durum değişti. Eski yeteneklere yenileri eklenmeli. Çünkü dün geçerli olan, yarın hükümsüz sayılacak.

Milyonlarca yıl sonra bile olsa, güneş bir gün sönerek yok olacak. Fakat bir gün, bir devlet adamının gözü dönerse ve atomik patlayıcı araçları devreye sokarsa, o günü milyonlarca yıl beklememize gerek kalmayacak. Öte yandan, bilinmeyen ve öngörülmeyen evrensel bir olay da dünyanın biletini kesebilir. İnsanoğlu bu fikre asla inanmak istemedi; belki de binlerce dinde, ölümden sonra ruhun yaşayacağına inanışın yaygın olmasının sebebi de buydu.

Bana göre uzay araştırmaları özgür irade sonucu değil, insanoğlunun evrendeki geleceğine bakınca duyduğu kaygı yüzünden ortaya çıkan bir iç baskının sonucu ortaya çıktı. Uzak ve karanlık gelecekte, uzaylıların gezegenimizi ziyarete geldiklerine inandığım gibi, günümüzde uzayda zeki varlıkların yaşadığına da inanıyorum. Bana göre bu varlıkların bir kısmı, bizden çok daha eski ve gelişmişti. Ancak bu varlıkların kendi çaplarında uzay araştırmaları yaptığını öne sürersem, bilim kurgu dünyasına adım atmış olurum ki böylesi de arı kovanına çomak sokmak demektir.

En azından yirmi yıldır literatüre "UFO" olarak geçen uçan daireler, dünyanın pek çok bölgesinde görüldü. Ancak esrarengiz UFO'ların sürükleyici öyküsünü anlatmadan önce, bu bölümde masaya yatırdığımız uzay araştırmalarının yararları hakkında bir çift söz daha söylemek istiyorum.

Uzay yolculukları için yapılan araştırmaların kazançsız olduğu ve ne kadar zengin olursa olsun, hiçbir ülkenin ulusal iflası göze almadan bu işe girişemeyeceği söyleniyor. Evet, yalnızca araştırma yapmak kazançlı değildir, esas kazancı, araştırmanın ürünleri sağlar. Şu anki durumda, uzay araştırmalarından, kazanç ya da kendi masraflarını çıkarmasını beklemek büyük bir hata. Ayrıca, uzay araştırmalarının 4000 yan ürününün, yatırımlara verdiği karşılık henüz hesaplanmadı. Bana göre, başka araştırma dallarına kıyasla, karşılığı değerli ve eşsiz olacak. Araştırmalar gerçek hedefini bulduğunda, yalnızca kazanç getirmekle kalmayacak, insanlığı, adını tarih sayfalarından silecek o felaket senaryosundan da kurtaracak.

Yeri gelmişken, COMSAT uydularının şimdiden ticari tekliflere konu olduğunu belirteyim.

1967 kasımında Der Stern'de şöyle bir yazı yayınlandı:

"Hayat kurtaran tıbbi makinelerin çoğu Amerikan üretimidir. Bu ürünler, atom araştırmaları, uzay seyahatleri ve askeri teknolojilerin sistematik değerlendirmeleri sonucu olarak ortaya çıkmıştı. Neredeyse tamamı, endüstri devleri ve her gün yeni zaferlere imza atan öncü hastanelerin eşsiz işbirliği sayesinde oluşmuştu.

Starfighterlar'ı yapan Lockheed Company ve meşhur Mayo Clinic, bilgisayarları temel alan yeni bir hastabakıcılık tekniği geliştirmek üzere işbirliği yapmıştı. North Amerikan Aviation yetkilileri, tıp alanından gelen önerileri takip ederek, ciğerleri rahatsız hastaların kolayca soluk almasını sağlayacak "Amfizem kuşağı" üzerinde çalışıyor. NASA bilim adamlarının fikir babalığını yaptığı alet, uzay gemilerinde mikro göktaşlarının etkisini ölçen bir makineden, belirli sinir hastalıklarında anlık kas kasılmalarını gösteren bir alete dönüştürüldü.

Amerikan bilgisayar teknolojisinin hayat kurtaran bir başka ürünü de kalp pilidir. Günümüzde 2000'den fazla Alman, göğsünde bu aletten taşıyor. Alet, pille çalışan mini bir jenaratörden oluşuyor ve deri altına yerleştiriliyor. Doktorlar, aletten çıkan kabloyu ana toplardamardan geçirerek sağ kulakçığa uzatır. Kalp, akım sayesinde ritmik biçimde çarpmayı sürdürür. Makinenin pili üç yıl sonra bitince, kolay bir operasyonla yenisiyle değiştirilir.

Amerikan firması General Electric, tıp teknolojisinin bu küçük mucizesini, geçen yıl çıkardığı çift hızlı modelle geliştirmiştir. Pili kullanan kişi, tenis oynamak ya da trenin arkasından koşmak isterse, küçük bir mıknatısı, pilin bulunduğu bölgede yukarı aşağı hareket ettirir ve kalbi daha yüksek hızla atmaya başlar."

Der Stern'den alıntılar buraya kadar. Uzay araştırmalarının ürünlerine iki örnek daha okuduk. Şimdi, bu çalışmaların yararsız olduğunu kim ileri sürebilir?

Die Zeit'in 1967 yılının kasım ayında yayınlanan 47. sayısında "Ay Roketlerinden Uyarı" adlı yazıda şunlar belirtiliyordu:

"Aya yumuşak iniş yapmak için geliştirilen donanımlar, araba üreticileri tarafından büyük rağbet gördü. Donanımlar, yolcuları bütün kazalardan koruyacak güçte değilse de ölüm ve yaralanma oranını azaltmada büyük başarı gösterdi. Uçak yapımında sıkça kullanılmaya başlanan 'bal peteği' gövdeler, en ufak ağırlıkta büyük bir gerilme yaratıyor. Bunlar, otomobil üretiminde de deneniyor. Gaz türbiniyle çalışan Rover marka prototip aracın tabanında 'bal peteği' kullanıldı."

Araştırmanın bugünkü durumunu iyi bilen hiç kimse, "bir yıldızdan ötekine gitmek mümkün olmayacaktır," sözüne göz yumamaz. Günümüzün genç kuşağı, imkansızın gerçek olduğunu görecek. Rusların 1967'de insansız iki uzay aracını stratosferde birleştirdiği gibi, güçlü motorları olan dev uzay gemileri yapılacak. Araştırmaların bir kolu, kapsüllerin önüne yerleştirilerek ufak gök cisimlerini etkisiz hale getirebilecek bir tür koruyucu ekran üzerinde çalışıyor. Bir grup seçkin fizikçi ise *tachyon* diye bildiğimiz şeyleri tespit etmeye uğraşıyor. Bu kuramsal parçacıkların en düşük hızı ışık hızıdır ve zaman zaman ışıktan hızlı hareket eder. Bilim adamları bunların varlığından eminse de bunun fiziksel olarak kanıtlanması gerekiyor. Yine de bu tür kanıtlar, neutrinolar ve anti-maddeler için bulundu. Şimdi, günümüzün uzay yolculuklarına karşı çıkan, inatçı muhaliflerine sormak istiyorum: Zamanımızın belki de en geniş dimağlarından oluşan binlerce insan, değerli vakit ve enerjilerini aslı astarı olmayan basit bir hedef uğruna harcıyor olabilir mi?

Şimdiyse ciddiye alınmayacak bile olsa, UFO'lardan söz etmek istiyorum. En azından bilgi verdiğim için içim rahat eder.

UFO'lar Amerika'da, Filipinler'de, Batı Almanya'da ve Meksika'da görüldü. UFO gördüğünü ileri sürenlerin %98'inin, meteoroloji balonu, şimşek, bulut oluşumları, yeni model uçaklar, hatta şafak vakti ortaya çıkan garip ışık ve gölge oyunları gördüğünü varsayalım. Elbette bu insanların bir kısmı da toplu heyecanın kurbanıydı. Orada olmayan şeyleri gördüklerini iddia ediyorlardı. Bu arada şöhret budalası bazı tipler, gazete manşetlerinde yer alabilmek için, sözde gözlemlerini basına aktarıp duruyordu. Tüm bu delileri, yalancı, histerik ve şöhret budalalarını elesek bile, elimizde iş gereği gök olaylarını izlemeye alışık, ciddi bir gözlemci grubu kalıyor. Sıradan bir ev kadını, vahşi batıdaki bir çiftçi gibi yanılgıya düşebilir fakat UFO'yu gören bir pilotsa, bu işte bir bit yeniği var demektir. Çünkü bir pilot, seraplara, şimşeklere, meteoroloji balonlarına alışkındır. Tüm duyuları, özellikle de görme duyusu düzenli olarak kontrol edilir. Uçuşun birkaç saat öncesinden itibaren, inişe dek alkol alması yasaktır. Ayrıca bir pilot, dolgun maaşlı işini kaybetme riskini göze almaz ve saçma sapan konuşmaz. Ama burada bir tek pilottan değil, hava kuvvetleri görevlileri dahil pek çok pilottan bahsediyoruz. Ve hepsi de aynı hikayeyi anlatıyor. Ve bize de hikayeye kulak kabartmak düşüyor.

Şahsen, UFO nedir bilmiyorum. Onların bilinmeyen zeki varlıkların uçan nesneleri olduğunu da iddia edemem. Ama bu görüşe karşı da çıkamıyorum. Dünyanın dört bir yanına yaptığım gezilerde, maalesef hiç UFO'ya rastlamadım. Fakat bazı belgeli, doğrulanmış olayları yazabilirim:

5 Şubat 1965'de Amerika Savunma Bakanlığı, iki radar görevlisinin raporlarını incelemek üzere, Özel UFO bölümü kurulacağını bildirdi. Bu iki görevli, 29 Ocak 1965 tarihinde Maryland Askeri Havaalanı'nın radarında, tanımlanamayan iki uçan nesne görmüştü. Nesneler, havaalanına güney yönünden saatte 7000 kilometre gibi korkunç bir hızla gelip alanın yaklaşık 50 kilometre üstünden keskin bir dönüş yapmış ve menzilden çıkarak gözden kaybolmuştu.

3 Mayıs 1964'te Avustralya'nın Canberra kentinde, sabah erken saatlerde, içinde üç meteoroloji uzmanı bulunan bir grup, gökyüzünün kuzeydoğu yönünden geçen, büyük, parlak ve uçan bir nesne gözlemledi. NASA yetkililerinin sorguları

sırasında, nesnenin tepetaklak olduğunu ve daha küçük bir cismin kendilerine yaklaştığını söylemişlerdi. Küçük cisim, parlak, kırmızı bir ışık yayarak gözden kaybolmuş, daha büyük olan nesne ise kuzeydoğu yönünde uzaklaşmıştı. Meteoroloji uzmanlarından biri mahcup bir tavırla şöyle demişti, "Bugüne dek şu gülünç UFO hikayeleriyle hep dalga geçtim. Ne diyeyim şimdi?"

23 Kasım 1953'te Michigan'daki Kinross Hava Üssü'nden tanımlanamayan bir uçan nesne görülmüş ve o sırada F-86 uçağıyla eğitim uçuşu yapan Teğmen R. Wilson'a nesneyi izleme izni verilmişti. Wilson, nesneyi yaklaşık 250 kilometre boyunca kovalarken, radar merkezindeki tüm görevliler bu olayı izlemişti. Aniden, radar ekranında iki uçan aracın birbirine girdiği görülmüştü. Ve sonra Teğmen Wilson'a yapılan hiçbir telsiz çağrısından yanıt alınamamıştı. Sonraki birkaç gün, olayın gerçekleştiği bölgede adım adım enkaz bulma çalışmaları yapılmış, Superior Gölü'nde yakıt izi aranmıştı. Ama nafile! Hiçbir şey bulunamamıştı. Teğmen ve uçağına ait hiçbir iz yoktu.

13 Eylül 1965 gecesi saat 1 civarı, Çavuş Eugene Bertrand, Exeter'e (New-Hampshire, A.B.D.) yakın bir geçitte, direksiyonun başında oturan çok telaşlı bir kadına rastladı. Kadın, kırmızı ışıklar saçan dev bir nesnenin kendisini yaklaşık 20 kilometre boyunca 101 numaralı anayola kadar kovaladığını, sonra da ormanın içinde kaybolduğunu anlatıyordu.

Orta yaşlı, aklıselim polis memuru, kadının kaçık olduğunu düşündü, ta ki araç telsizinden benzer bir anons duyana dek. Merkeze döndüğünde, meslektaşı Gene Tolland, genç bir adamın aynı hikayeyi anlattığını söyledi. Adam, nesneden kurtulmak için çukura gizlenmişti!

Memurlar gönülsüzce de olsa, anlatılanlara makul bir açıklama bulabilmek için devriyeye çıktı. Bölgeyi iki saat boyunca inceledikten sonra, elle tutulur bir bulguya rastlayamadan dönüş yolunu tuttular. Altı tane atın durduğu bir meradan geçerken, atların deli gibi koşmaya başladığını gördüler. Ardından her tarafı kıpkırmızı bir ışık kapladı. Polislerden biri, "Bakın! Orada!" diye bağırmaya başladı. Alevler saçan kırmızı bir nesne, yavaşça ve sessizce gözlemcilerin üstüne geliyordu. Ağaçların üstünden uçuyordu desek, daha doğru. Bertrand heyecanla arkadaşı Toland'ı arayıp nesneyi gözleriyle gördüğünü söyledi. Yol kenarındaki çiftlik ve komşu mahalleler, kıpkırmızı ışıkla kaplanmıştı. Bu sırada olay yerine bir polis arabası daha yanaştı.

İçinden çıkan adam, "tanrım, kahretsin," diye bağırdı, "Tolland'la telsizdeki bağrışmalarınızı duyunca çıldırdınız sandım. Ama şuna bak!"

Esrarengiz olayın soruşturması sırasında elli sekiz kişinin ifadesine başvuruldu. Şahitlerin arasında, meteoroloji balonunu helikopterden ya da bir uyduyu uçağın ışıklarından ayırt edebilecek meteoroloji uzmanları ve Kıyı Koruma görevlileri de bulunuyordu. Raporda o günkü olaylardan söz ediliyor fakat tanımlanamayan nesne hakkında açıklama yapılmıyordu.

5 Mayıs 1967'de Marliens (Cote d'Or) Belediye Başkanı Ban Malliotte, yoldan 650 metre uzaklıktaki bir yonca tar-

lasında, tuhaf bir delik fark etti. Daire biçimindeki delik, 5 metre çapında, 30 cm derinliğindeydi. Dairenin her tarafında 10 santim derinliğinde çatlaklar görünüyordu. Sanki toprağa ağır bir metal parmaklıkla bastırılmıştı. Çatlakların bittiği yerde ayak izine benzer izler vardı. Dahası, çatlaklar ve delikler, mor-beyaz renkte tozla doluydu. Marliens dolaylarındaki bu tarlayı bizzat gördüm. O izleri hayaletler bırakmış olamazdı!

Bu olaydan alacağımız ders ne olmalı? Pek çok insanın -bazen esrarengiz toplumların- gerçeğe kulak tıkayan bir tavır takınması çok üzücü. Bu insanlar, önyargıları yüzünden gerçekleri karartmakta, ciddi bilim adamları da onların yüzünden alay edilme korkusuyla somut verileri incelemeye yanaşmıyor.

6 Kasım 1967 günü Alman Televizyonu 2. Kanal'da yayınlanan 'Uzaylıların istilası mı?' adlı programda, bir Lufthansa uçağının kaptan pilotu, dört arkadaşıyla beraber tanıklık ettiği bir olayı aktarmıştı. 15 Şubat 1967 günü, San Francisco'ya inişten on, on beş dakika önce, parlak ışıklı bir uçan nesne uçağa yaklaşmış ve bir süre birlikte uçmuşlardı. Gözlemlerini Colorado Üniversitesi'yle paylaşmışlar, ancak yetkililer, uçan nesneyi, fırlatılan bir roketten düşen parça diye nitelendirerek, cevabı geçiştirmişti. Bunun üzerine kaptan pilot, milyonlarca kilometrelik uçuş deneyimine sahip kişiler olarak, ne kendisinin ne de meslektaşlarının, aşağı düşen o boyutta metal bir cismin on beş dakika boyunca havada asılı kalacağına ve uçakla aynı hızda uçacağına ihtimal vermediklerini söylemişti. Pilot, UFO'nun üç çeyrek saat boyunca, yerden gözlemlenebildiğini de eklemişti. Ve kaptan, hayalci bir adama da benzemiyordu.

21 ve 23 Kasım 1967 tarihli Die Suddeutsche Zeitung'lardan iki haber (Münih):

"Belgrad (Özel muhabirimizden).

"Son birkaç gün içinde Güneydoğu Avrupa'nın çeşitli bölgelerinde, tanımlanamayan uçan nesneler (UFO'lar) görüldü. Hafta sonunda Agram'lı bir amatör astronom, bu parlak gök nesnelerinden üçünü fotoğraflamayı başardı. Uzmanlar, Yugoslav gazetelerinin manşetlerine taşınan bu fotoğraflar hakkındaki görüşlerini açıklamayı sürdürürken, Montenegro'nun dağlık bölgelerinden yeni UFO'ların görüldüğüne dair haberler geldi. UFO'ların o bölgede orman yangınlarına sebep olduğu ileri sürülüyor. Özelikle İvangrad Köyü sakinleri, son birkaç gündür her akşam ışıklar saçan tuhaf, uçan nesneler görüldüğünü belirtti. Yetkililer, o dolaylarda gerçekten birkaç orman yangınının patlak verdiğini, ancak bunlardan hiçbirinin sebebinin tespit edilemediğini açıkladı."

"Sofya (UPI)

"Bulgaristan'ın başkenti Sofya üzerinde bir UFO görüldü. Bulgar Haber Ajansı BTA'nın haberine göre, UFO çıplak gözle de seçilebiliyordu. BTA, uçan nesnenin önce güneşten büyük olduğunu, sonra trapez biçimi aldığını bildirdi. Sofya'da teleskoplarla da gözlenen nesnenin güçlü ışınlar yaydığı vurgulandı. Bulgar Hidroloji ve Meteoroloji Enstitüsü, uçan gövdenin kendi gücü ile hareket ettiğini ve yerden 29 kilometre yükseklikte uçtuğunu açıkladı."

İnsanlar, aptallıkları yüzünden ciddi araştırmalara giden yolları maalesef tıkıyor. Dünya dışı varlıklarla iletişim kurduğunu iddia eden 'mesajcı'lar, şimdiye dek açıklanamamış olaylardan kendilerine garip inançlar, felsefeler, yaşam tarzları yaratan gruplar, hatta kurtuluş adına UFO'lardan emir aldığını söyleyen insanlar var. Bazı fanatiklere göre ise Mısırlı "UFO meleği" -doğal olarak- Muhammed tarafından, Asya'daki Buddha tarafından, Hristiyan olan ise İsa tarafından yollanmıştı.

1967 sonbaharında yapılan 7. Uluslararası UFO 'Araştırmacıları Dünya Kongresi'nde, "Uzay yolculuğunun babası" olarak bilinen Wernher von Braun'ın öğretmeni Profesör Hermann Oberth, UFO'ları 'bilimin ötesinde bir sorun' olarak nitelemiş, ancak bunların 'bilinmeyen dünyaların uzay gemileri' olabileceklerini söylemiş ve durumu kendi cümleleriyle, şöyle izah etmişti. "Açıkça görünüyor ki, bu gemileri kullanan ve yapanlar, kültürel açıdan bizden çok ötededir. Olayları doğru biçimde değerlendirirsek, onlardan çok şey öğrenebiliriz." Dünya'daki roket gelişmelerinde büyük katkısı olan Oberth, güneş sisteminde bile, dünyamızdakine benzer hayat şartlarının bulunduğu gezegenlerin varlığından söz ediyordu. Bilim araştırmacısı Oberth, ciddi bilim adamlarının da hayal ürünü gibi görünen sorunların üzerine ciddiyetle eğilmeleri gerektiğini söyledi. "Bilginler, daha fazlasını sindirmeyen, doymuş kazlar gibidir. Yeni fikirleri saçma diye yaftalayıp reddederler."

17 Aralık 1967'de 'İkinci Düşünceler' başlığı altında Die Zeit şöyle diyordu:

"Ruslar yıllardır batıdaki uçan daire heyecanıyla dalga geçmişti. Bu yakınlarda Pravda'da tuhaf gök cisimlerini yalanlayan resmi bir açıklama yapılmıştı. Şimdiyse Hava Kuvvetleri Generalleri'nden Anatolyi Stolyakov, bütün UFO raporlarını inceleyecek bir komiteye başkan olarak atandı. Times, konuyla ilgili olarak, şöyle yazmıştı: 'UFO'lar ister toplumsal hayallerin ürünü olsun, ister Venüslü ziyaretçiler oldukları ileri sürülsün, isterse bir tür vahiy olarak yorumlansın, belli ki mutlak bir açıklamaları vardır; aksi halde Ruslar asla bir Soruşturma Komisyonu kurmazdı."

'Uzaydan gelen nesneler' hakkında en ilginç ve kafa karıştırıcı olay, 30 Haziran 1908 sabahı saat 07:17'de Sibirya'da yaşanmıştı. Gökyüzünde beliren ateş topu, bozkırda kaybolmuştu. Trans-Siberian Demiryolu'nun yolcuları, güneyden kuzeye doğru kayan ateş topunu görmüştü. Gök gürültüsünü andıran korkunç bir ses, treni sarsmış, ardından durmaksızın patlamalar duyulmuştu. Dünya üzerindeki sismograf istasyonları büyük bir yer sarsıntısı kaydetmiş, olayın merkezinden 885 kilometre uzaktaki Irkuts'taki sismografın iğnesi, bir saat boyunca durmadan titremişti. Gürültü ise, yarıçapı 1000 kilometreyi aşan bir alana yayılmıştı. Sürülerle ren geyiği telef olmuş, göçebeler ise çadırlarıyla birlikte oldukları yerden sıçramıştı.

Görgü tanıklarının ifadesi, 1921'de Profesör Kulik'in sayesinde alınmaya başladı. Kulik sonunda, Taiga'nın az nüfuslu bölgesine yapılacak araştırma gezisi için para toplamayı da başardı.

1927'de Tunguska'ya varan bilim adamları, dev bir göktaşının yarattığı bir kraterle karşılaşacaklarından emindi. Ancak bölgeye ulaşınca, yanıldıklarını anladılar. Patlamadan 60 kilometre kadar uzaktaki ağaçların tepesi yoktu. Merkeze yaklaştıkça bitki örtüsü gitgide azalıyor, etraf çölleşiyordu. Merkezde ise bütün ağaçlar telgraf direkleri gibi yontulmuş, en büyük ağaçlar bile koparılmıştı. Nihayet, araştırmacılar büyük bir yangının izlerine rastladı. Ekip daha da kuzeye ilerleyince, bölgede korkunç bir patlama olduğu kanısına vardılar. Bataklıkta çeşitli boyutlarda delikler görünce, meteor etkisinden kuşkulanarak toprağı kazdılar. Ancak hiçbir kalıntı yoktu: Ne bir demir ne bir nikel ne de bir taş parçası. Araştırmaya iki yıl sonra daha büyük delme araçları ve geliştirilmiş teknik araçlarla devam edildi. Ancak 35 metre kazılmasına rağmen, hiçbir meteor kalıntısı bulunamadı.

1961 ve 1963 yıllarında Sovyet Bilimler Akademisi tarafından Tunguska'ya iki araştırma ekibi daha gönderildi. 1963'teki ekip, jeofizikçi Solotov'un önderliğinde çalışmalara başladı. Artık en modern teknik araçlarla çalışan bilim adamları, Sibirya patlamasının nükleer bir patlama olduğu sonucuna vardı.

Bir patlamanın türünün belirlenmesi için, patlamaya yol açan belirli fiziksel verilerin bilinmesi gerekiyor. Tunguska patlamasında çok büyük ışın enerjisinin açığa çıktığı biliniyordu. Bilim adamları patlama merkezinden 17,5 kilometre ötede bile, radyasyon etkisiyle kavrulmuş ağaçlara rastlamıştı. Ancak genç bir ağacın alev alabilmesi için, santimetre karesine 70 ile 100 kalori arasında ışın enerjisi düşmesi gerekiyordu. Patlamanın ışığı o kadar parlaktı ki uzun süre, merkezden 199,5 kilometre uzakta bile, yeni gölgeler yaratmıştı.

Bu ölçümlerden yararlanılarak, patlamada ortaya çıkan ışın enerjisinin 2,8 x 1023erg dolaylarında olduğu hesaplandı. (İzninizle açıklayayım: Bilimde erg, iş ölçüsüdür. 1 gram kütlesi olan bir böcek, 1 santimetre yüksekliğinde bir duvara tırmanırken, 981 erg değerinde güç sarfeder.)

Ekip, 17,5 kilometrelik alan içindeki ağaçların irili ufaklı dallarının kömürleştiğini görmüştü. Buradan, ani bir ısı yükselmesinin meydana geldiği sonucuna varıldı. Dallardaki kömürleşmenin sebebi, bir orman yangını değil, patlamaydı! Üstelik kömürleşmenin görüldüğü ağaçlar, ışığın süzülmesine engel olacak gölgelerin bulunmadığı yerlerdeydi. Bu da ağaçların radyasyona maruz kaldığını gösteriyordu. Bütün bu etkilerin bir araya toplanması, 10^{23} erglik yok edici bir enerjinin ortaya çıktığına işaretti. Bu enerji, 10 megatonluk bir atom bombasının yok edici gücüne eşitti. Tam 100.000.000.000.000.000.000.000 erg!

Tüm araştırmalar, nükleer patlamayı doğruluyor, meteor ya da kuyruklu yıldız çarpması gibi ihtimalleri ortadan kaldırıyordu.

Peki 1908 nükleer patlaması nasıl açıklandı?

1964 martında Leningrad gazetelerinden Svesda'da, Cygnus takımyıldızındaki gezegenlerden birinde yaşayan zeki varlıkların, dünyayla iletişim kurmak istediği ileri sürüldü. İddiayı savunan yazarlar Genrich Altov ve Valentina Shuraleva'ya göre Sibirya'daki patlama, 1853 yılında Hint Okyanusu'ndaki Krakatoa Yanardağı'nın infilakı sırasında uzaya yayılan, çok güçlü ve yoğun radyo dalgalarına bir yanıttı. Uzak yıldızlardaki varlıklar, bu radyo dalgalarını uzaydan gelen sinyaller olarak algılamış ve fazlasıyla güçlü lazer ışınını dünyaya yöneltmişti. Işın, Sibirya üstünde atmosfere çarparak maddeye dönüşmüştü. Bu açıklamayı, şişirilmiş buluyor ve kabul etmiyorum. Olayı anti-maddenin etkisiyle açıklayan teoriyi de kabul edemiyorum. Uzayın derinliklerinde anti-madde bulunduğuna inansam da Tunguska'da bunun izine rastlanabileceğini sanmıyorum, çünkü maddeyle anti-maddenin çarpışması, karşılıklı yok oluşla sonuçlanır. Üstelik bir anti-madde parçasının, dünyaya kadar, maddeyle çarpışmadan gelebilmesi ihtimali çok uzaktır.

Ben, nükleer patlamanın, bilinmeyen bir uzay gemisinin enerji pilinin patlaması sonucu ortaya çıktığını düşünüyorum. Olağanüstü bir görüş mü? Belki, ama böylesi, onu imkansız kılar mı?

Tunguska meteoru hakkında raflar dolusu kitap vardır. Ancak şu önemli bilginin altını çizmeden geçemeyeceğim: Patlama merkezindeki radyoaktivite, bugün bile, başka yerlerden iki kat fazla. Ağaçların ve üzerindeki yaş çemberlerinin dikkatlice incelenmesi, radyoaktivitenin 1908'den sonra bariz biçimde arttığını kanıtlıyor.

Bu olay -ve diğerleri- hakkında kesin bilimsel kanıtlar ortaya konuncaya dek, hiç kimsenin, bazı açıklamaları sebep göstermeden reddetmeye hakkı yok.

Güneş sistemimizdeki gezegenler hakkında bildiklerimiz, kolayca anlaşılır cinsten. Algıladığımız biçimdeki hayata uyan tek yer Mars'tır, o da kısıtlı olmak kaydıyla. İnsan, zihnindeki yaşama teorik bir set çeker. Bu setin adı ekosferdir. Güneş sistemimizde yalnız Dünya, Venüs ve Mars, ekosferin sınırında yer alır. Öte yandan hayatın, yalnız bizim algımızla sınırlı kalmayacağını unutmamalıyız. 1962 yılına kadar, Venüs'te hayat olduğuna inanılıyordu. Mariner ll'nin Venüs'e 33.789 kilometre kadar yaklaşması, bu ihtimali de çürütmüştü. Alınan bilgiler sonucunda Venüs, yaşanabilir alanlar listesinden çıkarıldı.

Mariner ll'den gelen raporlara göre Venüs'ün aydınlık ve karanlık taraflarındaki ortalama sıcaklık 420°C idi. Suyun bu sıcaklıkta barınması imkansızdı, ancak erimiş metallerden oluşan gölcükler bulunabilirdi. Böylece Venüs'ün, dünyanın ikiz kardeşi olduğunu öne süren meşhur iddia silinip gitti. Öte yandan, yüzeyde bulunan karbonla karışık hidrojenin, bakteriler için yetişme ortamı hazırlayacağı ileri sürüldü.

Araştırmacılar, yakın zamana kadar Mars'ta hayatı mümkün görmüyordu. Fakat bu iddia bir süredir, "zorlarsak düşünülebilir" biçimini aldı. Mariner IV'ün başarılı Mars seferi, istesek de istemesek de Mars'ta hayatın imkansız olmadığını ortaya koydu. Hatta komşumuz Mars'ın binlerce yıl önce bir uygarlığa ev sahipliği yapmış olması bile ihtimal dahilindeydi. Ne olursa olsun, Mars'ın uydusu Phobos, özenli bir incelemeyi hak ediyor.

Mars'ın iki uydusu bulunur: Phobos ve Deimos (Yunanca anlamları korku ve dehşettir). Bunlar, Amerikalı astronom Asaph Hail tarafından 1877'de keşfedilmeden önce de biliniyordu. 1610 yıllarında Johannes Kepler, Mars'a eşlik eden iki uydudan şüphelenmişti. Capucine rahibi Schyrl, Mars'ın uydularını birkaç yıl önce gördüğünü öne sürmüştü, fakat muhtemelen yanılmıştı, çünkü çağın optik araçlarıyla Mars'ın küçük uydularının gözlemlenmesine imkan yoktu. Jonathan Swift, *Gülliver'in Seyahatleri*'nin üçüncü bölümünü oluşturan *Laputa ve Japonya'ya bir Seyahat* adlı kitabında, Mars uydularını büyüleyici biçimde tarif eder, üstelik büyüklüklerini ve yörüngelerini de verir. Aşağıdaki paragraf, üçüncü bölümden:

"(Laputa astronomları) zamanlarının büyük kısmını bizimkinden kat kat üstün teleskoplar yardımıyla gök cisimlerini incelemekle geçiriyor. En büyük teleskoplarının boyu bir metreyi geçmiyor ama yıldızları, bizim metrelerce uzunluktaki teleskoplarımızdan daha çok büyütüyor ve daha net gösteriyor. Bu sayede Avrupalı gök bilimcilerden daha çok şey keşfediyorlar. 10.000 yıldızlık bir katalog yapmışlar, oysa bizim en büyük kataloğumuzda en çok bu sayının üçte biri kadar yıldız bile yok. Aynı şekilde Mars'ın çevresinde dönen iki uydu keşfetmişler. Bunlardan içeride olanı, asıl gezegenin merkezinden üç çap, dışarıda olanı ise beş çap uzaklıkta. Birincisi, Mars çevresindeki turunu on, ikincisi ise yirmi bir buçuk saatte tamamlıyor; öyle ki dönme sürelerinin karesi, Mars'ın merkezinden olan uzaklıklarının küpüyle orantılı oluyor. Bu da onların, öteki gök cisimlerinde görülen yer çekimi yasalarının aynısına sahip olduğunu gösteriyor."

Swift, kendisinden tam 150 yıl sonra keşfedilmiş olan Mars uydularını nasıl anlatabilir? Birtakım gök bilimciler, Swift'ten de önce Mars'ın uyduları olabileceğini tahmin ediyordu. Ancak tahmin, böyle kesin bilgiler vermek için yeterli olamaz. Swift'in bu bilgiyi nereden elde ettiğini bilmiyoruz.

Gerçekten de bu uydular, güneş sistemimizdeki uyduların en küçük ve en tuhafıdır. İkisi de Ekvator'un üstünde, hemen hemen daire biçiminde bir yörünge izler. Eğer bizim ayımız kadar ışık yansıtıyorlarsa, Phobos'un 16 kilometre, Deimos'un da yalnızca 8 kilometrelik bir çapı olması gerekir. Fakat eğer yapay uyduysa ve daha çok ışık yansıtıyorlarsa, bu ölçülerden de küçük olması gerek. Güneş sistemimizde, ana gezegenden daha hızlı dönen tek uydu bunlardır. Mars'ın dönüşüne göre, Phobos bir Mars gününde iki tur yaparken, Deimos gezegenden biraz daha hızlı döner.

1862'de dünya, Mars'a çok elverişli bir pozisyona gelince, insanlar uyduları görmek için bekledi ama nafile. Uydular on beş yıl sonrasında ancak keşfedildi. Bazı astronomlar, Mars'ın uydularının, gezegenin çekim alanına kapılan parçalar olduğunu düşününce, platenoidler teorisi doğdu. Ancak iki uydunun da ekvator üzerinde ve aynı yörüngede yer almaları, bu teoriyi çürütüyor. Uzaydan gelen bir parça, tesadüfen bu konumu alsa da ikincisi için aynı şeyi beklemek çok güç. Nihayet ölçümler, modern uydu teorisini yarattı.

Ünlü Amerikalı gök bilimci Carl Sagan ve Rus bilim adamı Şlovski, 1966'da yayımladıkları *Intelligent Life in the Universe* adlı kitapta, Phobos'un yapay bir uydu olduğunu kabul etti. Sagan bir dizi ölçüm yaparak Phobos'un içi oyuk bir uydu olduğu sonucuna vardı ve içi oyuk bir uydu doğal olamazdı.

Gerçekten de Phobos'un yörüngesindeki farklılık, görünen kütlesiyle hiçbir benzerlik göstermiyordu. Moskova Stenberg Enstitüsü Radyo-Astronomi Bölümü yöneticisi Şlovski, Phobos'ta anormal, garip bir hızlanma gözledikten sonra aynı sonuca vardı. Bu hızlanma, bizim yapay uydularımızda görülen hızlanmaya çok benziyordu.

Günümüzde Sagan ve Şlovski'nin olağanüstü kuramları, birçok insan tarafından ciddiye alınıyor. Amerikalılar, Mars'ın uydularını dünyaya taşıyacak yeni roketler tasarlıyor. Ruslar, gelecek yıllarda Mars'ın uydularını birçok gözlemevinden inceleyecek.

Doğu ve batıdaki birçok bilim adamı tarafından desteklenen, Mars'ta gelişmiş bir uygarlık olduğunu savunan görüş doğruysa, aklımıza derhal bir soru gelmelidir. Aynı uygarlık neden bugün var olmasın? Mars'taki zeki varlıklar, yeni bir çevre aramak zorunda mı kalmıştı? Gün geçtikçe daha çok oksijen kaybeden gezegen, onları, yerleşecek yeni dünyalar aramaya mı mecbur etmişti? Uygarlıkların yıkılmasının sorumlusu, bir uzay felaketi miydi? Son olarak da Marslılar'ın bir bölümü, komşu gezegenlerden birine kaçmayı başarmış mıydı?

Dr. Emanuel Velikovksky, 1950'de yayınlanan ve bilim çevrelerinde hala tartışılan *Çarpışan Dünyalar* adlı kitabında, dev bir kuyruklu yıldızın Mars'a çarptığını ve bu çarpışma sonucu Venüs'ün oluştuğunu öne sürmüştü. Teorisinin kanıtlanması için, Venüs'te yüksek bir yüzey sıcaklığı, karbonla karışık hidrojenden oluşan bulutlar ve düzensiz bir rota bulunması gerekiyordu. Mariner II'den gelen bilgilerin değerlendirilmesi sonucu, Velikovksky'nin teorisi doğrulandı. Venüs, 'tersine' dönen tek gezegendi. Merkür, Dünya, Mars, Jüpiter, Satürn, Uranüs ve Neptün'ün uyduğu güneş sistemi kurallarına uymuyordu.

Eğer Mars gezegenindeki uygarlık, uzayla ilgili bir felaket yüzünden yok olduysa, uzak geçmişte dünyamıza uzaylıların yaptığı ziyaretlerle ilgili teorime malzeme sağlanmış olur. Böyle bir durumda, Marslı devlerin dünyaya kaçıp orada rastladıkları yarı-akıllı yaratıklarla çiftleşerek 'homo sapiens'i ortaya çıkartmaları ihtimali de mümkün görünebilir. Mars'taki yer çekimi dünyadaki kadar güçlü olmadığı için, Marslılar'ın biz dünyalılardan daha ağır ve iri yaratıklar olmaları gerekir. Böyle olunca da destanlarda, kutsal kitaplarda sözü edilen gökten gelen devlerin, kocaman taşları taşıyanların, dünyada henüz bilinmeyen sanatları öğretenlerin kimlikleri meydana çıkar.

Pek çok konuya dair pek az bilgimiz var. Eminim ki bilmeceler çözülene dek, 'insan ve bilinmeyen zeki varlıklar' konusu, araştırma defterlerinde kalacak.

ONBİRİNCİ BÖLÜM

DOĞRUDAN İLETİŞİM ADINA YAPILAN ARAŞTIRMALAR

Nisan 1960'ta West Virginia'nın ıssız vadilerinden birinde, bir deney başladı. Green Bank'taki büyük radyo teleskop, 11,8 ışık yılı uzaklıktaki Tau-Ceti yıldızına doğrultuldu. Genç ve alanında ünlü Amerikan astronom Dr. Frank Drake, liderlik ettiği projede, uzaydaki bilinmeyen varlıklarla iletişim kurabilmek için radyo sinyallerinden yararlanmayı amaçlıyordu. İlk deneyler dizisi 150 saat sürdü ve başarısızlıkla sonuçlanmasına rağmen, tarihe OZMA tasarısı olarak geçti. Deneylere ara verilmişti. Bunun sebebi bazı görevli bilim adamlarının, uzayda radyo iletimi olmadığını ileri sürmesinden çok, o günlerde, istenen hedefe ulaşacak güçte donanım bulunmamasıydı. OZMA, türünün tek denemesi olarak kalmayacak. Yakın gelecekte ayın yüzeyine, yıldızlar arasında büyük uzaklıkları tarayarak radyo sinyalleri yakalamaya çalışacak radyo teleskoplar konacak.

Yine de uzayda radyo sinyalleri aramak yerine, sinyal göndermek daha faydalı olmaz mı? Bununla birlikte, bilinmeyen zeki varlıkların Rusça, İspanyolca ya da İngilizce anlamalarını ya da oturdukları yerden sinyal göndermemizi beklemelerini düşünemeyiz.

Bu durumda kendimizi tanıtmak için üç yol kalıyor: Matematik semboller, Lazer ışınları ve resimler. İlk seçeneğin başarı ihtimali yüksek görünüyor. Ancak, uzaya bu çeşit semboller göndermek için, galaksiler arası seçilebilir netlikte dalga uzunlukları keşfetmemiz gerekiyor. Hidrojen atomlarının çarpışmasından doğan 1420 mhz'lik frekans, bize böyle bir imkan sağlayabilir. Bir element olan hidrojenin yarattığı radyasyon sıklığı, galaksi boyunca tanınabilir. Üstelik 1420 mhz, dünya atmosferindeki karışık radyo dalgalarından ayrı durur, böylece yanlışlık ve karışma ihtimalleri minimuma iner. Bu sayede uzaylı varlıkların rahatça tanımlayacağı sinyaller uzaya yollanmış olur.

Bu konuyla ilgili olarak, 22.12.1967 tarihli *Die Zeit*'da çıkan bir haber çok ilginç. "Ay, ışın bombardımanına tutulacak!" başlığı altındaki haber şöyle:

"Ayın dünyaya olan uzaklığı yaklaşık olarak bilinse de bu rakam astronomları tatmin etmiyor. Aya ayak basacak ilk astronotlar, beraberlerinde götüreceği aynaları ayın yüzeyine yerleştirecekler. Bu aynalar birbirine dik açılı olan üç yansıtıcıdan oluşacak ve üzerine vuran her ışığı, kaynağına yansıtabilecek.

Bu ayna sistemi, saniyenin yüz milyonda biri kadarlık sürelerle çıkan bir lazer ışığıyla bombardımana tutulacak. Lazer ışını, 1,50 metrelik bir diyafram açıklığı olan bir teleskopla beraber kullanılacak, aydan geri gelen ışınlar bu teleskop tarafından alınarak bir fotokopi aracına iletilecek. Lazer ışınların gidip gelme süresinden yararlanılarak, ayın gerçeğe en yakın uzaklığı bulunacak."

Bu durumun tam tersi de düşünülebilir. Ne de olsa radyo dalgaları, uzun süredir galaksiler arasında dolaşıyor. Tezim doğruysa, uzaydaki bazı yaşamların da varlıklarını bize bildirmek istediğini düşünemez miyiz? Mesela, CTA 102'nin radyasyon enerjisi, 1964 sonbaharında aniden yükseldi. Bunun üzerine Rus astronomlar, galakside çok gelişmiş üstün bir uygarlıktan sinyaller aldığını açıkladı. CTA 102 yıldızı, Kaliforniya Teknoloji Enstitüsü'nün gök bilimcileri tarafından 102 numarayla katoloğa kaydedildiği için bu adı almıştı.

Astronom Sholomitski, 13 Nisan 1965 günü Moskova Stenberg Enstitüsü'nde verdiği konferansta şöyle konuşmuştu, "1964 yılının Eylül sonu ve Ekim başında, CTA 102'den gelen radyasyon enerjisi epeyce artmış, ancak bir süre sonra yeniden normale dönmüştü. Yıl sonuna doğru kaynağın gücü aniden, tekrar yükseldi ve ilk kayıt alındıktan tam 100 gün sonra, ikinci kez tavan yaptı." Sholomitski'nin şefi Profesör

Slovski de radyasyonda bu tür dalgalanmaların olağan dışı bir durum olduğunu belirtmişti.

Bu sırada Hollandalı astrofizikçi Maarten Schmidt, CTA 102'nin dünyadan 10 milyar ışık yılı uzakta olduğunu kesin ölçütlerle ortaya koymuştu. Bu durumda, zeki varlıkların yolladığı radyo ışınları 10 milyar yıl önce yola çıkmış olmalıydı. Ancak günümüz araştırmalarına göre, dünya o zamanlar yoktu. Bu anlayış, uzay araştırmalarına ölümcül bir darbe indirmişti.

Yine de uzayda hayat aramanın başarı şansı olmasaydı, Amerika, Rusya, Jodrell Bank ve Almanya'daki Stockert astrofizikçileri, kocaman antenlerini gökyüzüne dikip araştırmalarını radyo-yıldızlar ve gökcisimleri üzerinde odaklamazdı. Epsilon-Eridiani ve Tau-Ceti yıldızları bizden yaklaşık olarak 10,2 ve 11,8 ışık yılı uzaktadır. Yani bu 'komşularımıza' yollanacak radyo dalgaları 11 yılda hedefe varabilir ve cevabı 22 yıl içinde alınabilir. Daha uzaktaki yıldızlarla radyo dalgaları aracılığıyla haberleşme, mesafeye oranla daha uzun süreler gerektirir. Milyonlarca ışık yılı uzaklıktaki uygarlıklarla haberleşme ise bu yolla imkansızdır. Peki, böyle bir girişimde bulunabilmemiz için elimizde radyo dalgaları dışında bir kaynak yok mu?

Örneğin, varlığımızı doğrudan gösteremez miyiz? Jüpiter ya da Mars'a yollanacak güçlü bir lazer ışını, eğer zeki varlıklar oradaysa, mutlaka dikkat çeker. Kulağa fantastik gelen başka bir fikir daha var. Toprağın geniş alanlarına, renk zıtlıklarını yansıtacak, öte yandan evrensel geçerliliği olan matematik ya da geometrik bir sembolü temsil edecek türden bitkiler ekilebilir. Bir de cüretkar ama son derece mantıklı bir öneri daha var: Kenarları 600 mil uzunluğunda olacak bir eşkenar üçgenin kenarlarına patates ve ortasındaki bir daireye buğday ekilebilir. İşin aslı, hem yararlı hem de olağanüstü bir çalışma! Böylece her yaz, kenarları yeşil, ortası sarı bir eşkenar üçgen oluşur. Eğer bizim onları aradığımız gibi, onlar da bizi arıyorsa, şekil hemen dikkati çeker. Çünkü neresinden bakılırsa bakılsın, şeklin doğa ürünü olmadığı anlaşılır. Dediğim gibi, bu bir ihtimal. Bir başka düşünce de ışıkları dikine yollayacak fenerler zinciri kurmayı önermişti. Bu fenerlerin yaratacağı ışık denizi uzaklardan bakınca bir atom modeline benzer. Buna benzer pek çok fikir öne sürüldü.

Bütün bu önerilerin temelinde, birilerinin bizi izlediği düşüncesi yatıyor. Acaba yalnızca bu bakış açısıyla, sorunun çözüm yollarını kısıtlıyor muyuz?

Gizli olan her şeye antipati ya da şüphe duymamıza karşın, henüz kesin olarak açıklanmamış bazı olaylara gözümüzü kapatamayız. Örneğin, geniş, bilimsel bir temelde kanıtlandığı halde henüz açıklanamamış olan zeki beyinler arasındaki bilgi transferi konusuna.

Birçok üniversitenin parapsikoloji bölümünde, manyetizma, hayal, düşünce nakil v.b. gibi daha önce açıklanmamış olaylar, doğruluğu kanıtlanmış bilimsel metotlar baz alınarak araştırılıyor. Bu araştırmalar sırasında, dini dogmaların ürünü fantastik olaylar eleniyor. Yakın zamana dek tabu olarak görülen bu alandaki çalışmalarda, büyük ilerlemeler kaydedildi. 1959 ağustosunda Nautilus deneyi sonuçlandı. Deneme, düşünce transferinin yanı sıra, insan beyinleri arasındaki haberleşmenin, radyo dalgalarından bile güçlü olabileceğini de gösterdi. Deney şöyle gerçekleştirildi:

Denizaltı Nautilus, 'düşünce vericisi'nden binlerce kilometre öteye, suyun birkaç yüz metre altına daldı. Bütün radyo iletişimi kesildi, çünkü bugün bile radyo dalgaları belirli bir derinliği aşamıyordu. Bu sırada Bay X ile Bay Y arasındaki zihinsel haberleşme devam ediyordu.

Böyle bilimsel testlerden sonra insan, beynin kapasitesini bir kez daha sorguluyor. Zihinsel iletişim, ışıktan daha hızlı haberleşmeyi sağlayabilir mi? Bilimsel literatüre geçen Cayce olayı belki bu varsayımı destekleyebilir.

Kentuckyli kendi halinde bir çiftçinin oğlu olan Edgar Cayce, beyninde saklı olağanüstü yeteneklerin farkında değildi. 5 Ocak 1945'te öldüğü halde, doktorlar ve psikologlar, hala onun davranışlarını değerlendirmeye çalışıyor. Amerikan Tıp Derneği gibi sıkı bir kurum bile, doktor olmamasına karşın, Cayce'ın bazı danışanlara hizmet vermesine müsaade etmişti.

Edgar Cayce, henüz çok gençken hastalandı. Her yanına kramplar giriyor, yüksek ateş yüzünden komaya giriyordu. Doktorlar nafile bir çabayla genci iyileştirmeye çalışırken, Edgar Cayce ansızın, duyulur bir sesle ve net bir biçimde konuşmaya başladı. Hastalığının sebebini, ihtiyaç duyduğu ilaçları açıkladı, belli otlardan yapacakları bir merhem hazırlamalarını ve bununla omurgasını ovmalarını söyledi. Doktorlar ve çocuğun yakınları hayrete düşmüştü, çünkü çocuğun hiç bilmediği bu sözleri nasıl sarfettiğine ve bu bilgileri nasıl elde ettiğine anlam veremiyorlardı. Edgar, söylediği ilaçlarla yapılan tedavi sayesinde kısa sürede iyileşti ve ayağa kalktı.

Bu olay, çevrede dilden dile yayıldı. Edgar'ın komada konuşması, hipnotize edildiği şeklinde yorumlandı. Ancak çocuğu hipnotize edebilecek bir ortam yoktu. Edgar, bir arkadaşı hastalanınca, daha önce ne gördüğü ne de duyduğu Latince adlarla bir reçete yazdırtmaya başladı. Arkadaşı, bir hafta sonra iyileşti.

İlk olay kısa bir süre sonra unutulmuş, bilimsel açıdan ciddiye alınmamıştı, ancak ikinci olay sonunda Amerikan Tıp Derneği, bu tip olayları gözlemek ve her ayrıntıyı kaydetmek amacıyla bir komisyon kurmak üzere kolları sıvadı. Cayce uyurken, ancak uzun eğitimler ve danışmalar sonucu elde edilebilecek bilgi ve yetenekler kazanıyordu.

Bir keresinde Edgar, çok zengin bir adam için hiçbir yerde bulunmayan bir ilacın "reçetesini yazmıştı". Adam ünlü gazetelere ilanlar vererek ilacın peşine düştü. Paris'ten mektup yazan genç bir doktor (!), babasının bu ilacı yıllar önce hazırladığını, ama devamının gelmediğini anlatıyordu. Söz konusu ilacın bileşeninde kullanılan maddeler, Edgar Cayce'ın belirttiği maddelerle benzerlik gösteriyordu.

Edgar daha sonra bir başka ilacın 'reçetesini' yazmış, ayrıca çok uzak bir kasabadaki laboratuvarda bulunabileceğini belirterek, adresini de vermişti. Laboratuvara telefon edilmiş ve ilaç formülünün geliştirildiği öğrenilmişti. İlacın içeriği hazırlanmış, ancak bir isim konmadığından, eczane raflarındaki yerini henüz almamıştı.

Komisyonu oluşturan profesyonel doktorlar, telepatiye inanmıyordu. Olayı ciddi biçimde ele alıp araştırdıklarında, Edgar'ın hayatı boyunca eline bir tek tıp kitabı bile almadığını öğrendiler. Ne var ki Edgar, dünyanın dört bir yanından gelen hastalar için günde iki kez, ikisinde de doktorların şahitliğinde ve ücretsiz görüşüyordu. Teşhisleri ve reçeteleri her zaman isabetliydi, ancak trans durumundan çıkınca ne söylediğini hatırlamıyordu. Doktorlar nasıl teşhis koyduğunu sorduklarında, Edgar istediği beyinle ilişki kurabileceğini ve istediği bilgileri alabileceğini söylemişti. Ona göre hastanın beyni, vücuttaki eksikliği biliyordu. Bu durumda, yapılacak işlem çok basitti! Hastanın beynine rahatsızlığın nerede olduğunu soruyor, sonra da dünya üzerinde, ne yapılması gerektiğini söyleyecek beyni arıyordu. *Ben*, diyordu Edgar, *bütün beyinlerin bir parçasıyım.*

Bu şaşırtıcı olay teknoloji dünyasına uyarlanırsa, ortaya çıkan manzara şöyle olur: New York'taki dev bir bilgisayar, bütün fizik verileriyle doldurulabilir. Nereden ve ne zaman sorgulanırsa sorgulansın, cevabı saliseler içinde verebilir. Bir başka bilgisayar ise Zürih'te bütün tıp bilgilerini depolar. Moskova'daki bir diğeri biyoloji verilerini, Kahire'deki bir benzeri de bütün astronomi bilgilerini stoklar. Radyo bağlantısıyla Kahire'deki bilgisayar, saniyenin yüzde birinde Zürich'tekine yanıt verebilir. Edgar Cayce'ın beyni de, günümüzde artık uygulanan bilgisayar ağ bağlantısına benzer biçimde çalışıyor olmalıydı.

Şimdi cesur bir iddia ortaya atacağım: Ya bütün beyinler (ya da yalnızca iyi eğitilmiş olanlar) bilinmeyen enerji biçimlerini depolamışsa ve bu enerji sayesinde her türlü canlı varlıkla iletişim kurabiliyorsa? Bugün insan beyninin ancak onda birinin gücünü ve çalışma biçimini biliyoruz. Peki, geriye kalan onda dokuz ne yapıyor? İnsanların, çaresiz görünen hastalıklardan irade gücüyle kurtulduklarını duyduk. Hatta bunun dışında hiçbir iyileşme sebebi iyi bilinmiyor ve bilimsel kayıt altına alınamıyor. Belki de beyin zarımıza eklenmiş gizli bir donanım, beynin çalışmasına katkıda bulunuyor. Güçlü enerji biçimlerinin beyni yönettiğini kabul edersek, beyinden yayılacak güçlü, zihinsel bir tepki, hemen farkedilebilir. Eğer bilim, bu "vahşi" düşünceyi somutlaştırabilirse, uzaydaki bütün zekaların aynı bilinmeyen yapıya ait olduğu ortaya çıkar.

Bunu bir örnekle açıklayayım: Eğer bakterilerle dolu bir depoya güçlü bir elektrik akımı verilirse, bu, deponun her yerinde ve bakterilerde hissedilir. Akım her yerde aynı anda yükselir. Bu kıyaslamanın çok da iyi bir örnek olmadığının farkındayım, çünkü elektrik, enerjinin bilinen bir formudur ve ışık hızına bağlıdır. Yine de her yerde eşdeğer etkiler yaratan bir enerji kaynağını örnek vermem gerekiyordu. Bir gün, anlaşılmayanı anlaşılır kılacak, henüz adlandırılmamış enerji kaynaklarının ortaya çıkacağını hayal ediyorum.

Bu olağanüstü düşüncenin gerçekten var olabileceğini göstermek için 29-30 Mayıs 1955 tarihleri arasında yapılmış olan bir deneyin raporunu vereyim. Etki alanı ve doğası bakımından, bu deney eşsizdi. İki gün içinde 1008 insan, aynı zamanda, hatta aynı saniyede bazı resimler, cümleler ve sembol gruplarına odaklanmıştı. İnsanların odaklanma gücü sayesinde, düşünceler evrene yayılmıştı. Sonuçlar şaşırtıcıydı. Deneklerin hiçbiri diğerini tanımıyordu ve birbirlerinden kilometrelerce uzaklıkta yaşıyordu. Öte yandan bu kişilerin yüzde 2,7'si bir resim, daha doğrusu bir atom modelinin resmini gördüklerini belirtmişti. Aralarında herhangi bir anlaşma söz konusu olamayacağı için, yüzde 2,7'sinin aynı "zihinsel resmi" görmüş olmaları şaşırtıcıdır. Telepati? Hokus pokus? Şans? Evet, kulağa bilim kurgu filmi gibi gelse de bilim adamları bu deneyi ciddi ciddi yapmıştı. Şunu aklımızdan asla çıkarmayalım: Henüz her şeyi bilmiyoruz. Princeton Üniversitesi'nde bir grup fizikçi tarafından yapılan deney de bir o kadar şaşırtıcıydı. Elektronötral K mezonlarının ayrıştırılmasını araştırırken ortaya çıkan sonuç, teorik olarak imkansızdı. Çünkü nükleer fiziğin uzun soluklu prensiplerine ters düşüyordu.

Olağanüstü bir örnek daha. İzafiyet teorisinin bir bölümünde kütle ve enerjinin, aynı fenomenin iki farklı biçimi olduğu söylenir. ($E=mc^2$). Basitçe, kütlenin hava boşluklarından oluştuğunu söyleyebiliriz. Güçlü bir enerji ışınının ağır atom parçasına çarpıp geçtiğini düşünelim. Işın, atom parçacığının güçlü elektriksel alanında kaybolup giderken, iki elektron kütlesi açığa çıkar. Bilimsel eğitim almayanlar için çılgınca görünen bu olay tamamen gerçektir. Einstein'ı takip edememekte utanacak bir şey yok, bir bilim adamı ona, *yalnız savaşçı* diyordu. Çünkü teorilerini, ancak küçük bir grup, çağdaş bilim adamıyla tartışabiliyordu.

Telepati ve insan beyninin keşfedilmemiş alanlarına yaptığımız bu kısa yolculuktan sonra, konumuza dönebiliriz.

Kasım 1961'de West Virginia, Green Bank'taki Ulusal Radyo Gökbilim gözlem evinde on bir yetkilinin gizli bir toplantı yaptığı, artık bir sır değil. Toplantının konusu, dünya dışındaki zeki varlıklardı. Aralarında Dr. Giuseppe Cocconi, Dr. Su Shu Huang, Dr. Philip Morrison, Dr. Frank Drake, Dr. Otto Struve, Dr. Carl Sagan ve Nobel ödülü almış Melvin Calvin'in de bulunduğu bilim adamları, Green Bank Formülü olarak bilinen sonuçta hemfikirdi. Bu formül, galaksimizde iletişime geçmemizi bekleyen 50 milyon farklı medeniyet bulunduğunu gösteriyor.

$$N = R_{+} f_{p} n_{e} f_{l} f_{i} f_{C} L$$

R_{+} : Güneşimize benzeyen yeni gezegenlerin ortalama sayısı.

f_{p} : Üstünde canlı bulunması mümkün gezegenler.

n_{e} : Kendi güneşinin ekosferini izleyen ve insanların yaşayabilmesi için gerekli koşulları sağlayabilecek gezegenlerin ortalama sayısı.

f_{l} : Gerçekten yaşamın geliştiği gezegenler.

f_{i} : Güneşlerinin ömrü boyunca kendi güçleriyle hareket edebilen zeki varlıkların bulunduğu gezegenler.

f_{C} : Teknik uygarlıklarını geliştirmiş zeki varlıkların yaşadığı gezegenler.

L : Uzun süre devam eden ve diğer medeniyetlerle karşılaşma ihtimali olan uygarlıklar için yaşam döngüsü.

Formüldeki her bölüm için en ufak sayıları aldığımızda,

N = 40.

En büyük sayıları aldığımızda,

N = 50.000.000 çıkar.

Başka bir deyişle, Green Bank Formülü'nün hesabı, en kötümser tahminle Samanyolu'nda 40 grup zeki varlık olduğunu gösteriyor. Bunlar, diğer uygarlıklarla ilişki kurmaya çalışıyor.

En cüretkar tahmin ise uzaydan bir işaret bekleyen 50 milyon bilinmeyen uygarlık bulunduğunu söylüyor. Green Bank hesapları, yalnızca bugünkü astronomik cisimleri değil, Samanyolu var olduğundan beri gelip geçmiş bütün yıldızları baz alıyor.

Bilim adamlarının güvendikleri bu formülü kabul edersek, yüz binlerce yıl önce, çok gelişmiş teknolojileri olan uygarlıkların varlığını geçerli sayıyoruz demektir. Bu da çok eski çağlarda dünyamızı ziyarete gelen 'tanrılar' üzerine kurduğum teorimi destekliyor.

Amerikan astrobiyoloğu Dr. Sagan da istatiksel hesaplamalara göre, dünyanın var oluşundan bu yana en az bir kez uzaylılar tarafından ziyaret edildiğini öne sürüyor. Tüm varsayımlarda hayal gücünün de payı vardır ama Green Bank formülü, hayat bulunabilecek gezegen sayısını tespit eden, matematiksel bir formüldür.

Emekleme aşamasında olan bilim dallarından biri exobiyolojidir. Yeni bilim dalları tanınana dek büyük sıkıntılar yaşar. Ancak dünya dışı hayatı tarafsızca incelemeyi amaçlayan exobiyoloji, birçok tanınmış bilim adamı tarafından desteklendiği için, kabul görürken sorun çıkmayacağını düşünüyorum. Bahsedeceğimiz bilim adamları, kendilerini bu göreve adadı. Bu yeni dalın ciddiyetini anlatmaktansa, bünyesinde topladığı bilim adamlarını sıralamak bana daha doğru geliyor:

Dr. Freeman Quimby (NASA exobiyoloji program şefi), Dr. Ira Blei (NASA), Dr. Joshua Lederberg (NASA), Dr. L. P. Smith (NASA), Dr. R. E. Kaj (NASA), Dr. Richard Young (NASA), Dr. H. S. Brown (Kaliforniya Teknoloji Enstitüsü), Dr. Edward Purcell (Harvard Üniversitesi Fizik Profesörü), Dr. R. N. Bracewells (Stanford Radyo Gök bilimci Enstitüsü), Dr. Townes (1964 Nobel Fizik Ödülü), Dr. l. S. Şlovski (Moskova Stenberg Enstitüsü), Sir Bernard Lovell (Jodrel Bank), Dr. Wernher von Braun (A.B.D. Satürn Roket Programı Başkanı), Profesör Dr. Oberth, (von Braun'un öğretmeni), Profesör Dr. Stuhlinger, Profesör Dr. E. Sänger ve daha niceleri...

Bu kişiler, dünyanın dört bir yanındaki binlerce exobiyolojistlerin temsilcisidir. Hepsinin de amacı, kitabımda teker teker ele almaya çalıştığım araştırma alanlarına engel olan tabuları yıkmak. Tüm itirazlara karşın, exobiyoloji dimdik duruyor ve yakında en ilginç ve en önemli araştırma alanlarından biri haline gelecek.

Uzayın derinliklerine birini yollamadan, orada hayat olup olmadığını nasıl kesinleştirebiliriz? İstatistikler ve hesaplar, dünya dışında hayatın varlığına işaret ediyor. Uzayda bakteri ve sporların izine rastlandı. Bilinmeyen zeki varlıkların aranmasına başlandı ancak inandırıcı, somut ve ölçülebilir bir sonuca ulaşılamadı. Bugün ütopik diye dışlanan teorileri doğrulayacak bulgulara ihtiyacımız var. NASA, evrendeki bilinmeyen yaşamın kanıtlarına ulaşmak amacıyla bir araştırma programı geliştiriyor. Sekiz farklı, eşsiz ve karmaşık aracın görevi, güneş sistemimizdeki ufak gezegenlerde yaşam kanıtı aramaktır:

İşte söz konusu araçlar:

Ekseni çevresinde dönen Optik Dağıtma Profili
Mültivatör
Vidikon Mikroskobu
J-Band Hayat Arayıcısı
Radyo-İzotop Biyokimyasal Araç
Kütle Spektrometresi
Kurt Kapanı
Ultraviyole Spektrofotometresi

Halka çok yabancı kalan bu teknik terimlerin ardında gizlenenleri gösterebilmek için birkaç ipucu vereyim:

Ekseni çevresinde dönen Optik Dağıtma Profili, üstünde fener bulunan bir laboratuvar aracı. Hedefine indiği andan itibaren ışınlar saçmaya ve molekül aramaya başlıyor. Moleküller, her türlü hayat için gerekli olan şeyler. Bilindiği gibi molekül, her türlü yaşam formunda yer alan temel bir öğe. Bunlardan biri, üç kimyasal bileşenin yan yana gelmesinden oluşan geniş, helezon biçimli DNS molekülüdür. Bu bileşenler, nitrojenli organik alkali, şeker ve fosforik asitten oluşuyor. Kutuplanmış ışınlar bir şeker molekülüne çarpınca kesintiye uğruyor; çünkü nitrojenli alkali adenin'in şekerle kimyasal birleşiminin 'ışınlara karşı aktif' etkisi bulunuyor. DNS molekülündeki şeker bileşeninin de "ışınlara karşı aktif" etkisi bulunduğundan, araçtaki fenerin bir şeker-adenin kombinasyonuna rastlaması ve bu bileşimin yarattığı kesintiyi sinyal olarak dünyaya göndermesi, bilinmeyen gezegende hayat olduğunu gösterebilir.

"Mültivatör", bir roket tarafından küçük bir bavul gibi taşınan ve gezegen yakınlarından geçerken yüzeye fırlatılan yarım kilo ağırlığında bir alet. İçindeki minik laboratuvar, on beş değişik deney yapabilir ve sonuçlarını dünyaya iletebilir.

"Radyo-İzotop Biyokimyasal Araç", Gulliver lakabıyla geliştirilen bir aracın resmi adıdır. Başka bir gezegene yumuşak iniş yapmayı ve 15'er metre uzunluğundaki üç yapışkan ipi farklı yönlere fırlatmayı amaçlıyor. Bu ipler birkaç dakika sonra geri çekiliyor ve üstüne yapışan toz, mikrop ve her türlü biyokimyasal bileşen, bir sıvı kültür ortamına sokuluyor. Bu ortamın bir bölümü radyoaktif karbon izotopu C.14'le zenginleştiriliyor. Bu durumda, içine giren mikro-organizmaların metabolizmasından karbondioksit açığa çıkıyor. Karbondioksit gazı, sıvı kültürden kolaylıkla ayrıştırılıyor ve C.14 çekirdeği bulunan gazın radyoaktivitesini ölçen bir araca yollanarak, sonuç dünyaya iletiliyor.

NASA'nın Kurt Kapanı olarak bilinen aracından da bahsetmek istiyorum. Aracın orijinal adı "Böcek Avcısı"ydı ama sonradan üzerinde çalışan Profesör Wolf (Kurt) Vishniac'ın adını aldı. Bu araç, hedef gezegene yumuşak iniş yaparak emici tüpünü yüzeye uzatıyor. Tüpün hassas ucu, yere değer değmez kırılıyor ve her türden toprak örneklerini emiyor. Bu aracın içinde de her türden bakterinin hızla büyümesini sağlayacak kültür ortamları var. Bakterilerin hızla çoğalması sıvı ortamları bulandırarak sıvının pH değerlerini değiştiyor. (pH değeri, bir asidin asitlik derecesidir.) Bu iki değişim de kolayca ve net biçimde ölçülebilir: Sıvıda oluşacak bulanmayı, bir ışın ve foto-hücre, asit bölümündeki değişmeyi de bir elektronik pH ölçme aracı gösteriyor. Çıkacak sonuçlar, gezegende hayat olup olmadığı konusunda bize kesin fikirler veriyor.

NASA'nın dış dünyalarda yaşam arama projelerine milyonlarca dolar harcanacak. Yukarıda sözü edilen ilk araçların prototipleri Mars'a yollanacak. Kuşkusuz, insanlar haberci mini-laboratuvarları izleyecek. NASA'nın üst düzey yöneticileri, ilk astronotların en geç 23 Eylül 1986'da aya ayak basacağı konusunda hemfikir. Bu kesin tarihin bir sebebi vardır. 1986, güneş faaliyetlerinin az görüldüğü bir yıl olacak. Dr. von Braun, insanın Mars'a 1982 yılında ayak basacağını söylüyor. NASA'nın bu yolculuğu gerçekleştirmek için gerekli teknik kaynakları var ancak Amerikan Senatosu'nun yeterli ve kesintisiz yatırımlarını bekleniyor. A.B.D.'nin bugünkü sorumlulukları dışında, finansal kaynaklarını öğüten, Vietnam savaşıyla uzay programları ve uzay projeleri, dünyanın en zengin devletine bile ağır bir yük oluyor.

Mars yolculuğu için planlar hazır. Seyahete çıkacak uzay gemisinin maketi bile yapılmış, geriye yalnızca gerçeğini yapmak kalmış. Maket, Huntsville'deki sıra dışı bir adamın, Dr. Ernst Sthliger'in masasının üstünde duruyor. Stuhlinger, Huntville, Alabama'daki George Marshall Uzay Uçuşu Merkezi'nin bir bölümü olan Araştırma Proje Laboratuvarı'nın yöneticisidir. Laboratuvarlarında yüzlerce bilim adamı çalışır ve plazma, nükleer ve termofizik alanlarında deneyler yapar. Bilim adamları, geleceğe yönelik çalışmaları tüm hızıyla sürdürüyor. Geleceğin elektronik roket motoru, doktorun adıyla özdeşleşir. İnsanı kızıl gezegen Mars'a götürecek uzay gemisinin tasarımcısı da Stuhlinger'dir.

Stuhlinger Amerika'ya, İkinci Dünya Savaşı'nın hemen ardından arkadaşı Dr. Wernher von Braun'la beraber gelmişti. Fort Bliss'te Amerikan Hava Kuvvetleri için roketler yapmışlar, Kore Savaşı patlak verince 162 yurttaşla beraber Fort Bliss'teki merkezden Huntsville'e taşınmış ve dev adımlara alışık Amerika'nın bile görmediği bir proje üzerinde çalışmaya başlamışlardı.

Huntsville, Appalaş Dağları'nın eteğinde küçük, sakin bir kasabaydı. Roketçilerin gelişiyle, bu ufak pamuk kasabası sirke döndü. Fabrikalar, roket deneme platformları, laboratuvarlar, dev hangarlar ve daha bir sürü çelik kuruluş, göz açıp kapayana kadar her yeri sardı. Bugün Huntsville'in nüfusu 150.000'den fazladır ve kasaba halkı, derin uykudan uyanmış, uzay bilimlerinin meraklı fanatikleri oldu. İlk Redstone roketlerinin ateşlenmesi sırasında korkuyla sığınaklara doluşan Huntsvilleliler, bugün Satürn roketleri kükreyerek test edilirken, dünya yıkılıyormuşçasına çıkan korkunç gürültüye aldırış etmez. Londralılar'ın şemsiyeleri nasıl eksik olmazsa, Huntsvilleliler de mutlaka kulaklık taşır. Kasabalarına "Roket Kenti" adını takmışlardır. Senato, uzay araştırmalarına yeterli bütçe ayırmadığında, hırçınlaşarak taşkınlık yaparlar. "Almanları" ve NASA'ları ile gurur duyarlar, çünkü Huntsville bugün NASA merkezlerinin en büyüğüdür. Bütün dünyanın yakından tanıdığı Redstone roketlerinden, dev Satürn V'e kadar her roket burada düşünüldü ve tasarlandı. A.B.D.'nin ay programı için bugüne kadar harcadığı para, milyarları aşar. Satürn V'e biçilen maliyet, 54.000.000 doları bulur. Fırlatma sırasında depolar 880.000 galon yakıtla doldurulur ve bu enerji, 150.000.000 beygir gücünü ortaya çıkarır. Dev roketin ağırlığı neredeyse 3000 tondur. Huntsville'de von Braun'un emri altında 7.000 teknisyen, mühendis ve bilim adamı, uzayı fethetmek için çalışır. 1967'de A.B.D.'nin evrensel uzay programı için her daldan 300.000 bilim adamı görev aldı. 20.000'i aşkın endüstri firması da tarihin en büyük araştırması için çalışıyordu.

Avusturyalı bilim adamı Dr. Pscherra, Huntsville'i ziyareti sırasında, araştırma gruplarının dünyanın hiçbir yerinde üretilmemiş yeni 'parçalar' geliştirmek zorunda olduğundan bahsetmişti. "Bak!" demişti, homurdanarak çalışan bir silindiri göstererek. "Orada, hava boşluğunda yağ testi yapıyoruz. Çünkü dünyanın pek çok yerinde üretilen gres yağını artık kullanamıyoruz. Uzayda, hepsi kayganlığını yitiriyor. Mevcut yağlar kullanıldığında, basit bir elektro motor bile havasız ortamda yarım saat içinde çalışmaz hale geliyor. İşimize yarayacak yağı icat etmekten başka seçeneğimiz var mı?"

Başka bir odadan da hırıltı ve homurtular yükseliyordu. Yere tutturulmuş iki dev mengene, kalın bir metal levhayı parçalara ayırmaya çalışıyordu.

"Bir dizi deney daha..." demişti Dr. Pscherra. "Deneylerimiz, bu metalin uzayın yüküne dayanamadığını gösterdi. Kısacası, ihtiyaçlarımızı karşılayacak olanı bulmak zorundayız. Tüm bu zahmetli araştırmaların sebebi, uzay çalışmalarına uyum sağlayacak donanımı bulmak. Bir de kaynak teknolojisini geliştirmemiz gerekiyor. Kaynak sistemlerimiz, soğuğa, sıcağa, titreşimlere, gerilim ve basınca karşı dayanıklı olmalı. Bunları test ederek, dayanma noktasını bulmamız gerekiyor."

Bana eşlik eden hostes ve Dr. Pscherra saatine baktı. NASA personeli, artık bunun farkında bile değildir ama meraklı ziyaretçilerin dikkatini mutlaka çeker. Saate bakmak, Cape Kennedy, Houston ve Huntsville'de NASA'nın klasik hareketidir. Sanki sürekli geri sayım yaparlar: Dört... üç... iki... bir... sıfır.

Koridorlardan, kapılardan ve çeşitli güvenlik kontrollerinden geçtikten sonra, on üç yıldır NASA için çalışan Alman aksanlı Avrupalı Bay Pauli ile tanıştım. Üzerinde NASA sembolü olan bir başlık takıyordum. Bay Pauli beni Saturn V'in test platformuna götürdü. Test platformu, basit bir ifade gibi duruyor olabilir ama aldanmayın. Tonlarca ağırlıktaki kolonlardan, yüksek katlara ulaşmak için bekleyen asansörlerle vinçlerden, rampalardan ve kilometrelerce kablodan söz ediyorum. Saturn V ateşlenince, kilometrelerce öteden duyulan bir ses çıkarıyordu. Kaya ve sert taşlardan yapılma test platformunun zemini, denemeler sırasında hafifçe oynuyordu. Soğutma amaçlı tam 333.000 galon su kullanılıyordu. NASA, sadece deneme roketlerini soğutmak için, Manchester büyüklüğünde bir şehrin içme suyunu dağıtabilecek bir pompa şebekesi kurmuştu. Bir ateşleme testindeki soğutma bedeli, tam 500.000 dolardı! Uzay araştırmaları bedavaya yapılmıyor tabii ki.

Huntsville, NASA merkezlerinden sadece biri. Okuyucularım aşağıdaki merkezleri not alsın, çünkü yakın gelecekte, uzay uçuşlarının kalkış yeri buralar olabilir:

- Army Araştırma Merkezi, Moffet Field, California.
- Elektronik Araştırma Merkezi, Cambridge, Massachusettes.
- Uçuş Araştırma Merkezi, Edwards, California.
- Goddard Uçuş Araştırma Merkezi, Greenbelt MD.
- Propulsion Laboratuvarı, Pasadena, California.
- John F. Kennedy Uzay Merkezi, Florida.
- Lewis Araştırma Merkezi, Cleveland, Ohio.
- Manned Uzay Araçları Merkezi, Houston, Teksas.
- Nükleer Roket Geliştirme İstasyonu, Houston, Teksas.
- Pacific Roket Fırlatma Ofisi, lompoc, California.

- Wallops İstasyonu, Wallops Adaları, VA.
- Batı Operasyonlar Ofisi, Santa Monica, California.
- NASA Merkez Üssü, Washington DC.

Uzay gemileri endüstrisi, otomobil endüstrisini çoktan geride bıraktı. 1 Haziran 1967'de Cape Kennedy Uzay Merkezi'nde 22.828 kişi çalışıyordu. Bu istasyonun yıllık harcaması ise 475.784.000 dolardı!

Bütün bunlar, birkaç deli aya gitmek istiyor diye mi yapıldı? Sanırım, günlük araçlardan, dünyanın her köşesinde hayat kurtaran araçlara kadar (ki bunlar, yalnızca yan ürünlerdir), uzay yolculuğuna neler borçlu olduğumuzu gösterecek yeterince örnek verdim. Gelişmekte olar süper teknoloji, insanlığa felaket getirmeyecek. Aksine, insanlığı dev adımlarla ileriye götürecek.

Wernher von Braun'a, bu kitabın öne sürdüğü tezler hakkındaki düşüncelerini soracak bir fırsat yakaladım:

"Dr. von Braun, güneş sistemimizdeki başka gezegenlerde hayat bulacağımıza inanıyor musunuz?"

"Yakın bir gelecekte Mars'a gideceğimize ve orada ilkel hayat biçimlerine rastlayacağımıza inanıyorum."

"Uzaydaki zeki varlıklar olarak yalnız olmadığımıza inanıyor musunuz?"

"Evet, uzayda yalnız bitki ve hayvanlar değil, başka zeki varlıklar da olduğuna inanıyorum. Bu türden bir hayatın bulunması, çok renkli ve ilginç olacak. Ancak güneş sistemimizle başka güneş sistemleri arasındaki uzaklık ve galaksimizle başka galaksiler arasındaki daha da büyük uzaklığı göz önünde bulundurursak, bu türden hayatı bulmanın, ya da doğrudan iletişim kurmanın güç olacağına inanıyorum."

"Galaksimizde teknik açıdan daha ileri varlıkların yaşadığı düşünülebilir mi?"

"Bugüne kadar, galaksimizde ileri tekniğe sahip varlıkların yaşadığını gösterecek bir kanıt ya da işaret elde edemedik. Öte yandan, istatistik ve felsefi temellerden bakınca, bu tür gelişmiş canlıların varlığına inanıyorum. Ancak yine belirteyim, bu inancıma dayanak sağlayacak herhangi bir bilimsel temel mevcut değil."

"Bizden eski zeki varlıklar, çok uzak bir geçmişte dünyamızı ziyaret etmiş olabilirler mi?"

"Bu ihtimali inkar edemem. Ancak bildiğim kadarıyla, bu spekülasyonu kanıtlayacak herhangi bir arkeolojik çalışma yapılmadı."

Satürn roketinin babası ile yaptığım görüşme burada sona erdi. Ne yazık ki kendisine, uzay gözüyle bakıldığında sayısız sorulara yol açan arkeolojik bulgulardan, eski kitaplardaki saçmalıklardan ve açıklanamamış bir dolu bilmecelerden ayrıntılarıyla söz edemedim. Ama Dr. von Braun, kitabımın basılmasını bekliyor.

ON İKİNCİ BÖLÜM

YARIN

Bugün, nerede duruyoruz?

İnsan bir gün uzaya hükmedecek mi?

Uzayın erişilmez uzaklıklarında yaşayan zeki varlıklar, çok uzak bir geçmişte dünyamızı ziyaret etti mi?

Uzayın bir yerindeki bilinmeyen varlıklar bizimle iletişim kurmaya çalışıyor mu? Araştırmaların dehşet verici sonuçları gizli mi tutulmalıdır?

Tıp ve biyoloji, dondurulmuş insanları hayata döndürecek bir yol bulabilecek mi?

Dünya insanı, yeni gezegenleri kolonize edecek mi?

Oralarda buldukları canlılarla ilişki kuracaklar mı?

İnsan, ikinci, üçüncü ve dördüncü bir dünya yaratacak mı?

Özel robotlar, bir gün cerrahların yerini alacak mı?

2100 yılının hastaneleri, hastalar için birer yedek parça dükkanı mı olacak?

Uzak gelecekte insan ömrünü yapay kalp, ciğer ve böbreklerle sonsuza kadar uzatmak mümkün olacak mı?

Huxley'nin *Cesur Yeni Dünya*'sındaki senaryo, tüm soğukluğu ve antihümanist duruşuyla başımıza gelecek mi?

Bu türden sorular, bir metropolün telefon rehberini dolduracak kadar çoğaltılabilir. Her geçen gün yeni icatlar yapılıyor ve imkansızlar listesinden bir soru daha, cevaplandırılarak çıkarılıyor. Edinburgh Üniversitesi, akıllı bilgisayarı bulduğu için Nuffield Trust'tan tam 270.000 dolarlık teşvik ödülü almıştı. Bilgisayarın prototipi bir hastanın karşısına konmuş ve hasta, bir süre sonra, makineyle konuşmanın şaşkınlığını yaşamıştı. Bilgisayarı tasarlayan Profesör Dr. Michie, yarattığı makinenin, kişisel hayatı geliştireceğini söylemişti.

Yeni bilimin adı, gelecek bilimi! Amacı, eldeki bütün teknik ve zihinsel olanaklardan yararlanarak, geleceğin tasarlanması, ayrıntılı incelemesi ve anlaşılması. Düşünce tankları dünyanın her yanına dağılıyor: Bunlar, yarını düşünen bilim adamlarının kalesi. Yalnız Amerika'da, bunlardan 164 tane var. Hepsi hükümetten ve ağır sanayiiden siparişler alıyor. En tanınmış düşünce tankı Santa Monica, California'daki Rand Corporation'ınkidir. 1945 yılındaki kuruluşundan Amerikan hava kuvvetleri sorumludur. Neden? Yüksek rütbeli hava kuvvetleri subayları, kıtalararası savaş durumu üzerinde araştırma yapmak istiyordu. Bugün merkezde 843 seçilmiş bilim adamı çalışıyor. İnsanlığın en imkansız görünen maceralarının fikir tohumları hep burada atıldı. Daha 1946'da Rand bilim adamları, uzay gemilerinin askeri yararları üzerinde duruyordu. Rand, 1951'de türlü uydular için bir program geliştirdiğinde, ütopyacı olarak nitelendirilmişti. Rand çalışmaya başladığından beri, o ana dek gözlenmemiş olaylar hakkında 3000 kesin hesap sunmuştu. Rand bilim adamları da kültür ve uygarlığımızı çok ileriye taşıyan 110 kitap yayınlamışlardır.

Bu araştırmaların sonu yok ve olmayacak.

Aşağıdaki enstitüler de gelecek için benzer araştırmalar yapıyor:

- Harmonon Hudson, New York'taki Hudson Enstitüsü.
- Santa Barbara, Kaliforniya'daki General Electric'e ait İleri Çalışmalar İçin Tempo Merkezi.
- Massachusettes'teki Arthur Little Enstitüsü.
- Columbus, Ohio'daki Batelle Enstitüsü.

Hükümetler ve büyük kuruluşlar, bu gelecek tasarımcıları olmadan yapamaz. Hükümetler, öncelikle askeri tasarılarını yapmak zorunda; büyük kuruluşlar ise yatırımlarını yaparken yıllar sonrasını hesaba katmalı.

Günümüzdeki bilgi donanımıyla, örneğin, Meksika'nın, önümüzdeki elli yıl içindeki gelişmesi hesaplanabilir. Bu tahmini yaparken, mevcut teknoloji, ulaşım ve haberleşme, siyasal akımlar gibi her türlü gerçek göz önünde bulundurulur. Bugün bu tahmini yapmak mümkünse, aynı şey, dünyamızın gelişimi üzerine 10.000 yıl önce bilinmeyen varlıklar adına da mümkün.

İnsanlık, emrindeki bütün güçlerle geleceğini incelemek zorunda. Bu çalışmalar yapılmadığı takdirde, geçmişimizi aydınlatmak mümkün olmayacak. Geçmişimizi çözmek için gerekebilecek ipuçları, arkeolojik alanlarda yatıyor. Sırf altından ne çıkacağını bilmediğimiz için, onların üstüne basıp geçmeye hakkımız yok.

Bir "Ütopik arkeoloji yılı"nı savunmamın sebebi buydu. Eski düşünce örüntülerine 'inanmadığım' için, başkalarının da varsayımıma 'inanmalarını' istemeyeceğim. Bununla birlikte, geçmişin doğurduğu bilmecelerin, pek yakın bir tarihte bütün teknolojik güçlerle önyargısız olarak çözümlenmesini umuyorum.

Uzayda milyonlarca gezegen bulunması bizim suçumuz değil.

Tokomai'de binlerce yıllık Japon heykelinin başlığının üstünde, modern tutturma aparatı ve gözlük bulunması bizim suçumuz değil.

Planque'daki taş kabartmanın bulunması bizim suçumuz değil.

Piri Reis haritalarını yakmadıysa, bizim suçumuz değil.

İnsanlık tarihinin eski kitap ve geleneklerinde durmadan zırvalar üretilmesi bizim suçumuz değil.

Ama bütün bunları bilip de kulak asmamak, ciddiye almamak bizim suçumuz.

İnsanın önünde uzayan büyüleyici gelecek, görkemli geçmişi unutturacak güçte. Uzay araştırmaları, gelecek araştırmaları ve bugün imkansız görünen projeleri ele alabilmek cesaret istiyor. Örneğin, geçmişte yapılacak kararlı bir araştırma, geleceğe dair bazı değerli çağrışımları uyandırabilir. Bu çağrışımların kanıtlanması, insanlık tarihini aydınlatacak, gelecek nesillere mutluluk getirecek.

SON

BİBLİYOGRAFYA

Allen, T., *The Quest*, Philadelphia, Chilton Yayınları, 1965.

Bass, G. F., *Archaeology under Water*, Thames&Hudson Yayınları, 1966.

Bacon, E., *Auferstandene Geschichte*, Orell Füssli Yayınları, 1964

Bellamy, H. S., ve Allan, P., *The Great Idol of Tiahuanaco*, Faber&Faber Yayınları, 1959.

Betz, O., *Offenbarung und Schriftforschung der Qumransekte*, Mohr Yayınları, 1960.

Boschke, F. L., *Erde van anderen Sternen*, Econ yayınları, 1965.

Von Braun, W., *The next 20 years interplanetary exploration*, Marshall Uzay Uçuş Merkezi, Huntsville, 1965.

Burrows, M., *Mehr Klarheit* über *die Schriftrollen*, Beck Yayınları, 1958.

Charroux, Robert, *Historie inconnue des hommes depuis cent mille ans*, Laffont Yayınları, Paris.

Charroux, Robert, *Le Livre des secrets trahis*, Robert Laffont Yayınları, Paris, 1965.

De Chardin, TH. P., *Phenomenon of Man*, Collins Yayınları, 1961.

Clark, Gr., *Die ersten 500.000 Jahre*, Die Welt aus der wir kommen, Knaur Yayınları, 1961.

Clarke, Arthur C., *The Challenge of the Space Shi*p, Harper&Brothers Yayınları, New York, 1959.

Clarke, Arthur C., *Profiles of the Future*, Victor Gollancz Ltd. Yayınları, Londra, 1962.

Clarke, Arthur C., *Voices from the Sky*, Harper&Row yayınları, New York, 1965.

Cordan, W., *Das Buch des Rates*, Mythos und Geschichte der Maya, Diederichs Yayınları, 1962.

Cottrell, L., *The Anvil of Civilisation*, New English Kütüphanesi, 1967.

Cyril, A., *Gott-Könige besteigen den Thron*, Die Welt aus der wir kommen, Knaur Yayınları, 1961.

Dupont, A., *Les* écrits *esseniens découverts prés de la mer morte*, Payot Yayınları, 1959.

Dutt, M. Nath, *Ramayana*, Calcutta Yayınları, 1891.

Einstein, A., İzafiyet Teorisi, Vieweg Yayınları, 1963.

Fallaci O., *Wenn die Sonne stirbt*, Econ Yayınları, 1966.

Hapgood, Ch. H., *Maps of the ancient Sea Kings*, Philadelphia ve New York Chilton Yayınları, 1965.

Heyerdahl, Th., *Aku-Aku*, Allen&Unwin Yayınları, 1958.

Heindel, M., *Die Weltanschauung der Rosenkreuzer*, Zürih, Rosenkreuzer.

Hertel, J., *Indische M*ärchen, Diederichs Yayınları, 1961.

Heredot, *Historien* I-IX.

Hoenn, K., *Sumerische und akkadische Hymnen und Gebete*, Artemis Yayınları, 1953.

Keller, W., *The Bible as History*, Hodder&Stoughton Yayınları.

Kuhn, H., *Wenn Steine reden*, Brockhaus, 1966.

Lhote, H., *Die Felsbilder der Sahara*, Zettner Yayınları, 1958.

Lovell, Sir B., *The exploration of outer space*, Oxford Universitesi Yayınları, 1962.

Lohse, E., *Die Texte aus Qumran*, Kösel Yayınları, 1964.

Ley, Willy, *Die Himmelskunde*, Econ Yayınları, 1965.

Mallowan, M. E. L., *Geburt der Schrift, Gebur der Geschichte*, Die Welt aus der wir kommen, Knaur Yayınları, 1961.

Mason, J. A., *The Ancient Civilizations of Peru*, Penguin Yayınları, 1957.

Mellart, J., *Der Mensch schl*ägt *Wurzel*, Die Welt aus der wir kommen, Knaur Yayınları, 1961.

Pakraduny, T., *Die Welt der geheimen M*ächte, Tiroler Graphik Yayınları, 1952.

Pauwels, L. ve **Bergier, J.**, *Aufbruch ins dritte Jahrtausend*, Scherz Yayınları, 1962.

Reiche, M., *The mysterious markings of Nazca*, New York, 1947.

Reiche, M., *Mystery ın the Desert*, Lima Yayınları, 1949.

Ruegg, W., *Kulte und Orakel im alten Agypten*, Artemis Yayınları, 1960.

Ruegg, W., *Die* ägyptische *Götterwelt*, Artemis Yayınları, 1959.

Roy, P. Ch., *Mahabharata*, Calcutta Yayınları, 1889.

Santa **Della, E.**, *Viracocha*, Brüksel, 1963.

Sänger, E., *Raumfahrt, Heute, Morgen, Ubermorgen*, Econ Yayınları, 1963.

Schwarz, G. Th., *Archäologen an der Arbeit*, Franke Yayınları, 1965.

Schenk, G., *Die Grundlagen des XXI. Jahrhunderts*, Deutsche Kitap Kulübü, 1965.

Shapley, H., *Wir Kinder der Milchstrasse*, Econ Yayınları, 1965.

Shklovsky, I. S. ve **Sagan, C.**, *Intelligent life in the universe*, San Francisco, 1966.

Sugrue, Th., *Edgar Cayce*, Dell Yayınları, 1957.

Tozzer, A. M., *Chichen Itza and its cenote of sacrifice*, Memoirs of the Peabody Museum, Cambridge, Mass, 1957.

Velikvosky, I., *Worlds in Collision*, Victor Gollancz Yayınları, 1950.

Watson, W., *Im Bannkreis von Cathay*, Die Welt aus der wir kommen, Knaur, 1961.

Wauchope, R., *Implications of Radiocarbon dates*, Middle and South America, Tulane Universitesi, New Orleans, 1954.

Zeigel, F. Y., *Nuclear explosion over the Taiga*, ABD Ticaret Bakanlığı, Teknik Hizmetler Bölümü, 1962.

GENEL OKUMA

Kunts der Welt, 4 cilt, Neu Schw. Bibli. 1960 ve 1961.
Die Edda, 2 cilt, Altnordische Dichtungen, Thule.
Gilgamesch, Epos der alten Welt, Insel.
Relacion de las cosas de Yucatan, D. Landa, Meksika, 1938.
Das Hahabharata, Roy Bren, Diederichs, 1961.
Shells and other Marine Material from Tikal, Pennsylvania Üniversitesi, 1963.
Chichen Itza, Meksika Antropoloji Tarihi Enstitüsü, 1965.
Bhagavadgita, Diederichs, 1922.
Die Heilige Schrift des Alten Testamentes, Zwingli, Zürih.
Traktatüber die Kriegskunst, Minst. Für Nationale Verteidigung, Berlin, 1957.
Guliver'In Gezileri, Jonathan Swift, 1727.

Dokumentarbericht über den 4. Internationalen UFO/IFO Kongress in Wiesbaden, Karl Veit, 1960.

Report from Mars, Mariner 1964-1965, Jetli Sürüş Laboratuvarı, California Teknoloji Enstitüsü.

The Search for Extraterresial Life, NASA, Washington, D.C.

NASA, John F. Kennedy Uzay Merkezi.

Meteorologic Satellites and Sounding Rockets, NASA, 1966.

Astronaut training, Manned Uzay Merkezi, Houstpn, Fact Sheet 290.

NASA-FACTS, Vol II, No.13.

NASA-FACTS, Vol II, No.5.

NASA, Marshall Uçuş Merkezi, Kamu Bilgilendirme Ofisi, 29 Mart 1966.

NASA, Marshall Uçuş Merkezi, Kamu Bilgilendirme Ofisi, 5 Ağustos 1966.

NASA, Marshall Uçuş Merkezi, Kamu Bilgilendirme Ofisi, 26 Eylül 1966.

NASA, Marshall Uçuş Merkezi, Kamu Bilgilendirme Ofisi, 29 Eylül 1966.

Der Spiegel, 6.11.1967, No.46

Stern, 9.11.1967, No:47

Die Zeit, 7.11.1967 No:46/ 25.11.1967 No:47/ 22.12.1967 No:51.

Zweites Deutsches Fernsehen (German TV2*): 'Invasion aus dem Kosmos?'* on 6.11.1967.

Suddeutsche Zeitung, Münih, 23.11.1967/21

DİZİN

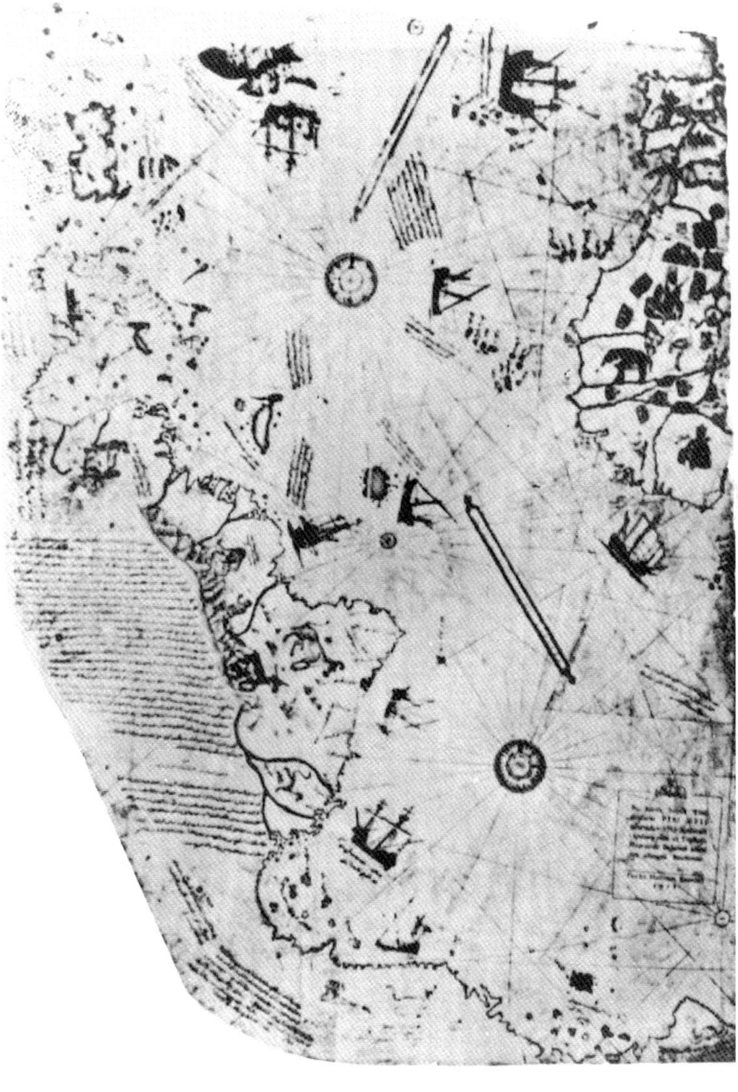

18. yy'de İstanbul, Topkapı Sarayı'nda bulunan Piri Reis haritası. Amerika ve Batı Afrika'yı gösteriyor. En altta resmedilen Antarktika, buzun eko-ses sistemiyle açıklandığı biçimde, buzun altındaki kara kütlesine uyum sağlıyor. Resmi tarihe göre oradan buz hiç eksik olmamıştı.

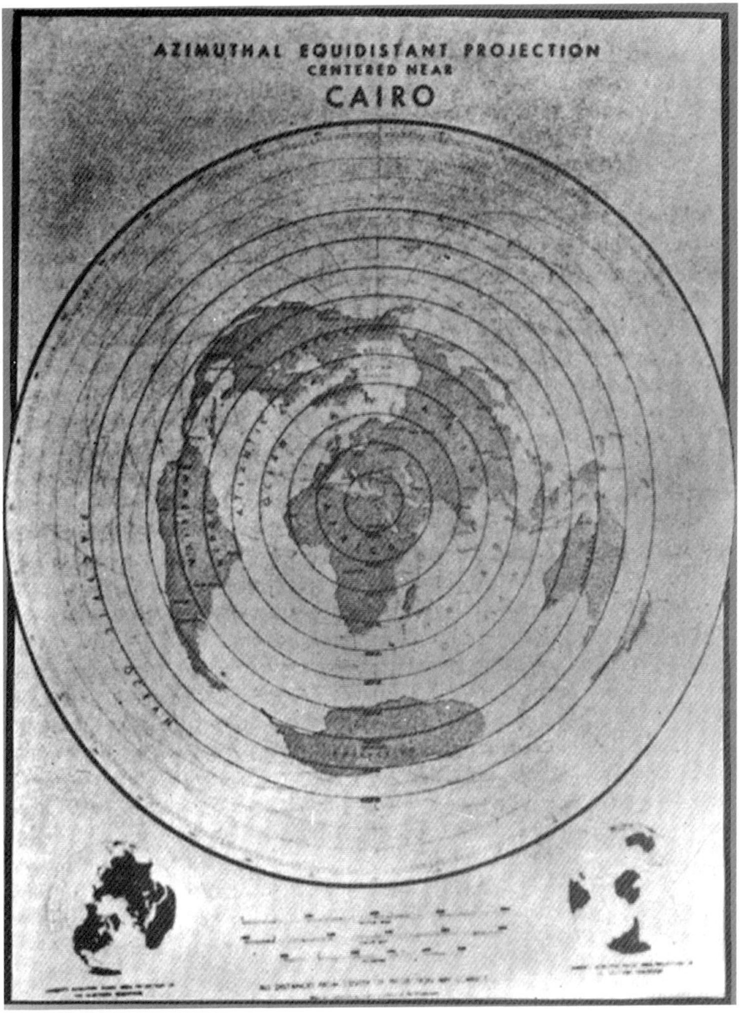

Kartograflar Piri Reis'in haritasını belirli referans noktalarıyla yansıtıyor. Çizim, ABD hava kuvvetlerinin Kahire'den çektiği fotoğraflarla büyük benzerlik gösteriyor.

Apollo 8'den alınan fotoğraf. Piri Reis haritasına büyük benzerlik gösteriyor. Amerika'nın uzun biçimi dikkat çekici.

Peru'daki Nazca Platosu'nda yer alan tuhaf işaretler.
Üstte: Arkeologların Inka Yolu dediği düz çizgiler
Altta: İşaretler daha detaylı biçimde gösteriliyor.

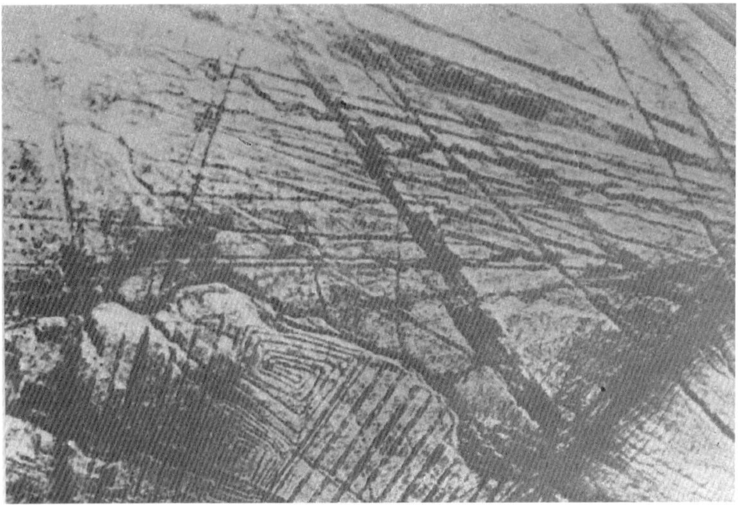

Üstte: Nazca Platosu'nda yer alan tuhaf işaretlerden biri daha. Yakından bakınca modern havaalanlarındaki iniş pistlerine benziyor.
Altta: Pisco Körfezi'ndeki bu dev figür Nazca Platosu'nu işaret ediyor. Bu, dini bir sembolden çok havadan görülsün diye çizilmiş bir kılavuz olamaz mı?

Üstte: Meksika'da Palenk yazıtlarının bulunduğu eski Maya Tapınağı.

Solda: İçerideki duvar bölmelerinden birinde yer alan kabartma. Eserin tamamı yan sayfada gösterilmiştir.

Solda: Bu çizim tapınakta yer alıyor. İlkel insanların hayalgücü ürününün, roketine binen modern bir astronota benzemesi ilginç değil mi?

Altta: Amerikalı astronotlar da aynen resimdeki gibi rokete biniyor, bir yandan tutunurken, aletleri inceliyor.

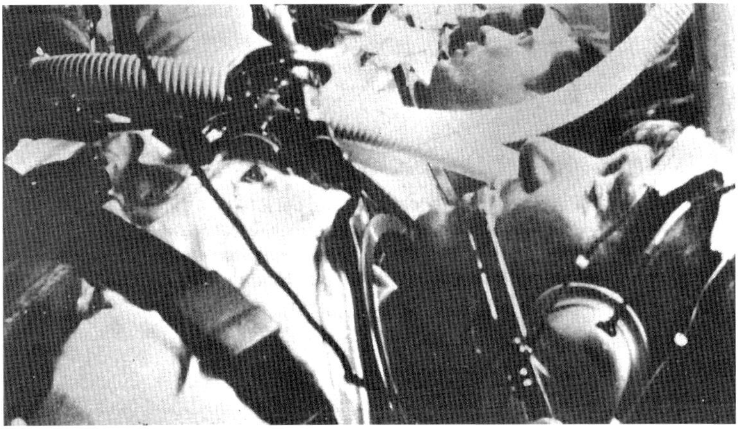

21 Temmuz 1969'da Londra'da bir bahisçi, 10000 sterlin ödemek zorunda kaldı. Çünkü 1970'den önce kimsenin aya ayak basamayacağına dair iddiaya tutuşmuştu. Tam iki hafta sonra Amerikalılar Mars'ın birkaç bin kilometre uzaklığından çekilen fotoğrafları yayınladı. Aya gitmek hayal olmaktan çıkmıştı.

Paskalya Adası yerliler tarafından 'dünyanın merkezi' olarak adlandırılırdı. Bu kaya parçasındaki dev yontular inanılmaz. Daha da inanılmaz olanı dünyadan kopuk ve bakir bu yaşam alanında hala çözülemeyen bir yazı sistemi bulunmasıydı.

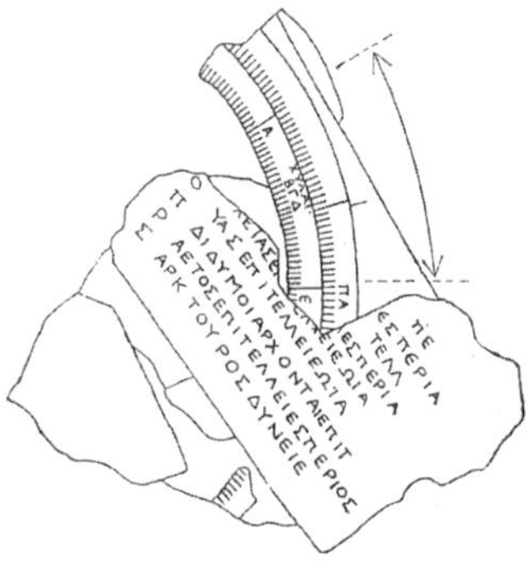

Üstte solda: Deniz altında yıllarca bekleyen bu nesne ilk bakışta fazla önem taşımıyor gibi. 1900 yılında Yunan dalgıçlar tarafından Antikythera'da bulundu. Üstte sağda: Uzun gayretler sonucu bunun iç içe geçmiş çarklardan oluşan bir gök gözlemleme cihazı olduğu keşfedildi. Cihaz, M.Ö. 82 yılında yapılmıştı. Yukarıdaki çizim cihazın bir kısmını gösteriyor.

Bu antik 'Demir Sütun' hala çürümeden ve bozulmadan duruyor. Yaşını tam olarak bilemesek de, yüzlerce yıllık olduğu tahmin ediliyor.

Babil'den kalma bu tablet geçmiş ve gelecek tutulmaları gösteriyor.

Bu üç tuhaf kalıntı Asur'a ve Irak'a ait. En üstteki tablet 'Tanrı Shamasi'yi gösteriyor. Tablet, M.Ö. 3000'lerden kalma ve yıldızlarla beraber garip başlıkları olan figürleri gösteriyor. Antik tanrıların yıldızlarla nasıl bir bağı var?

İkinci tablet M.Ö. 1000'li yılların başına ait. Ortadaki figür kutsal bir ağacı temsil ediyor. Yukarıdaki ateşli atlı arabadaki astronotla beraber atom yapımının temsili olarak yorumlanabilir. Kanatlı dairenin içinde bir figür yer alıyor. Dairenin altında da temsili bir resim var.

Sıradaki resimde M.Ö. 7. yy'ye ait Asur'dan kristal bir mercek var. Böyle bir merceği geliştirmek yüksek matematiksel donanım ister. Asurlular bu karmaşık matematik bilgisine nasıl ulaşmıştı? Şu anda Bağdat Müzesi'nde sergilenen bu kalıntılar bize elektrik bataryasının parçaları olarak yorumlanabilir.

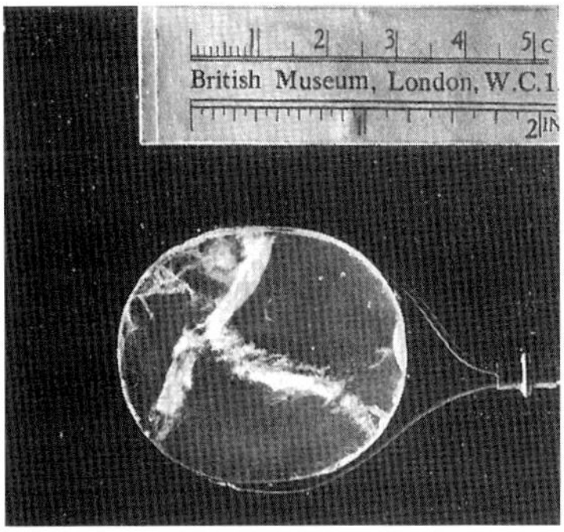

Sıradaki beş fotoğraf, pek çok kalıntıyla ve açıklanamayan bilmecelerle dolu Güney Amerika'dan alındı.

Sağda: Resimdeki, büyük bir tek parça taş bloğun bir kısmı. Bu bloğun ağırlığı tahminen 20000 ton ve Peru'da, Sacsayhuamán'da yer alıyor. Peki bu bloğun işlevi neydi? Hangi devasa güçler onu ters düz etmişti?

Altta: Peki bu devasa basamaklar nereye gidiyor? Belki de devlerin tahtına giden bir yoldu.

Camlaşma için çok yüksek sıcaklık gerekiyor. Peru'da bu kadar yüksek sıcaklığa nasıl ulaşıldı?

Sacsayhuamán'daki dev teras duvarlarından bir kesit. Birleşen noktalar cetvelle çizilmiş gibi düzgün. İlkel insanlar bu kocaman taşları nasıl düzgünce taşıyıp yonttu?

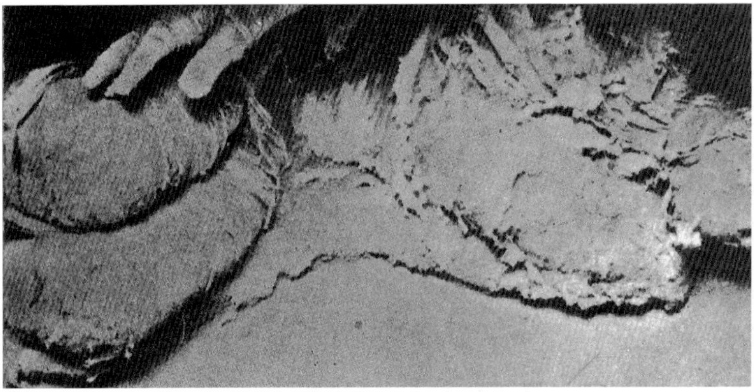

Üstte: İkinci Hanedan'dan bir mumya.
Sağda: Ustaca örülmüş bir parça kumaş. Mısırlılar ta o zamandan tekstil tekniklerini nasıl öğrenmişti?

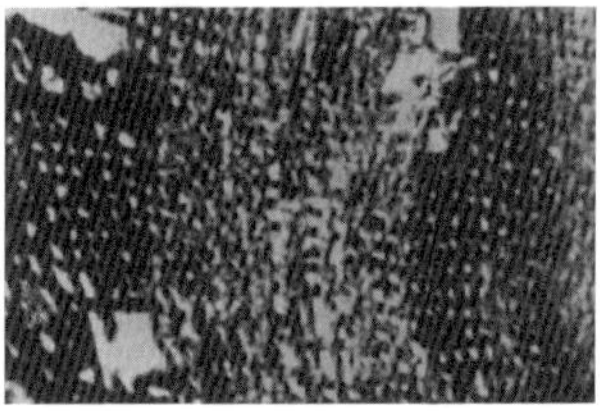

Üstte: Tahta tekerlekler ve insan gücüyle, 2,5 milyon taş bloktan oluşan Keops Piramidi 600 yılda ancak inşa edilebilirdi.

Sağda: Peru'daki gibi, burada da taşların düzgünce birleştirildiğini görüyoruz.

Meksika, Chichen Itza'da bulunan "El Castillo". Bu yapı da Maya takvimine göre inşa edildi. Dört taraftan yükselen 91'er basamak, son platformla beraber 365 basamak ediyor.

Üstte solda: Rodezya'dan bir çizim. Uzanmış figür, zincir zırh giymiş ve kafasında tuhaf bir başlık var. Burada resmedilen bir kralın mezarı olabilir. Öte yandan ihtiyaçlarını tedarik eden bir astronota da benziyor.

Üstte sağda: Güney Afrikadan alınan bu resimdeki beyaz figür, dizlikler, eldivenler ve terliklerden oluşan bir kıyafet giyiyor. Neredeyse çıplak gezen ilkel yerlilerin hayal gücü, bu resimleri çizebilecek kadar geniş demek.

Üstte: Bu çizim bir Rusya gezisi sırasında bulundu.

Altta: Val Camonica, Kuzey İtalya'da bir resim. İlkel yerlilerin kıyafetlere ve özel başlıklara duyduğu ilgi bu çizimlerde de belli oluyor.

Daha eski çizimler.
Sağ üstteki çizim Fergana, Özbekistan'dan.
Sol alttaki çizim, Tassili, Sahra'dan.
Sağda altta, Amerikalı bir astronot.
Belki ilk uzay yolcuları da bu kıyafetten giyiyordu.